The Haunting of Hill House

邪 屋

〔美〕雪莉·杰克逊 (Shirley Jackson) 著
翟 灿 译

生活·讀書·新知 三联书店

图书在版编目（CIP）数据

邪屋／（美）雪莉 · 杰克逊著；翟灿译. —北京：生活 · 读书 · 新知三联书店，2018.8
（文化生活译丛）
ISBN 978－7－108－06242－0

Ⅰ. ①邪… Ⅱ. ①雪… ②翟… Ⅲ. ①长篇小说－美国－现代 Ⅳ. ① I712.45

中国版本图书馆 CIP 数据核字（2018）第 040129 号

责任编辑 唐明星 王海燕
装帧设计 蔡立国
责任校对 安进平
责任印制 宋 家
出版发行 生活 · 讀書 · 新知 三联书店
（北京市东城区美术馆东街 22 号 100010）
网 址 www.sdxjpc.com
经 销 新华书店
制 作 北京金舵手世纪图文设计有限公司
印 刷 北京隆昌伟业印刷有限公司
版 次 2018 年 8 月北京第 1 版
2018 年 8 月北京第 1 次印刷
开 本 880 毫米 × 1092 毫米 1/32 印张 8.5
字 数 149 千字
印 数 0,001－5,000 册
定 价 39.00 元
（印装查询：01064002715；邮购查询：01084010542）

献给伦纳德·布朗

目 录

第一章

1

没有活物能在绝对现实的条件下长期保持心智健全，有些人认为，就连云雀和螽斯[1]都会做梦。那座山屋就是个异类，它坐拥黑暗，孤零零地矗立在群山中；它立在那里已经有八十个年头了，也许还会再立八十年。山屋的墙壁依旧挺直，砖石严丝合缝，地板结实牢固，房门虚掩；屋里一片寂静，无论有什么在里面走动，都是悄无声息的。

约翰·蒙塔古是位哲学博士，他读的是人类学，并自认为在这个专业领域，他也许最有可能接近自己的真正使命——分析超自然现象。他运用头衔时谨小慎微，因为他进行的调查研究是彻头彻尾的“不科学”，只能凭借从他的教育背景上借来的一点儿声誉乃至学术威信。他不擅长求

〔1〕 螽斯，鸣虫中体形较大的一种，俗称蝈蝈。

人，花了不少钱、降低了自尊才租下这栋山屋，租期为三个月。他要研究的是在一栋众所周知的“鬼屋”里人们心理失衡的前因后果，他期待随后发表的决定性研究成果能引起轰动，以此补偿他的付出。一直以来，他都在寻找一所真正闹鬼的房子。他最初听说山屋时，持怀疑态度，接着抱有希望，最后便汲汲以求。一旦他发现了山屋，便不愿放弃它了。

蒙塔古博士的计划受到十九世纪大无畏捉鬼者的启发——他要住在山屋里，亲眼见识这里发生的事情。最初他打算效仿一位姓名不详的女士的做法，她曾前往巴勒钦别墅[1]小住，并举办持续一个夏天的别墅派对，招待对幽灵持怀疑态度和相信态度的两拨人。派对的亮点是槌球比赛和幽灵观察，不过，无论是怀疑派、相信派，还是优秀的槌球选手，现在都越来越难找到了，因此蒙塔古博士不得不聘请助手。也许维多利亚时代的悠闲生活才使人们更容易欣然接受通灵研究的各种手段，又或许用现象记录法太过艰苦，眼下已经很少有人用它来测定事实。不管怎样，蒙塔古博士需要聘请助手，还得亲自去找人。

他自诩谨慎认真，花了相当多的时间来寻找助手。他

〔1〕 巴勒钦别墅是位于苏格兰佩思郡的一座乔治王朝时代风格的建筑，建于 1806 年，是苏格兰最有名的鬼屋。

仔细梳理了通灵社团的记录、耸人听闻的报纸资料及有关通灵者的报道，收集了一长串名单，名单上的这些人都曾经以某种方式涉足异常事件，无论有多短暂、多含糊。从这份名单上，他先删掉已经去世的人，接着划掉在他看来是在自我炒作和智力低下的人，还有那些明显想要成为舞台中心人物的不合适人选，至此他的名单还剩下大约一打人名。接下来，这些人都收到了蒙塔古博士的一封信，邀请他们在一栋舒适的乡间别墅里度过整个或部分夏日时光。信中说，别墅虽古老，却配有极佳的用水设施、电力系统、中央供暖和干净的床垫。信上明确表示，邀请他们小住的目的，是对八十年来有关那房子所流传的各种令人嫌恶的故事进行观察和探究。蒙塔古博士的信中没有直言山屋闹鬼，因为他是从事科学研究的人，不到他在山屋里真正遭遇一次通灵现象，他是不太相信有这等好运的。因此，他的信带有一种模棱两可的意味，他故意为之，试图激发某一类非常特殊的读者的想象力。蒙塔古博士只收到四封回信，没回信的八个人可能是搬了家且未留下转寄地址，或是已经失去了对超自然现象的兴趣，甚至也有可能并不存在于这个世上。蒙塔古博士再次写信给四个回信者，指定了正式入住别墅的具体日期，并随信附上详细的路线图。他无奈地解释说，因为别墅极难找到，就是在它周边的乡村社区也很难问到路。在出发去山屋的前一天，蒙塔古博士被说服邀请一位别墅拥有者家族的代表加入，同时有一位候选人发来电报，用明显是编造出来的借口表示退出。还有一位候选人既没有来，也没有来信说明，也许是迫于紧急私人问题而无法前来了。另外两人来了。

2

埃莉诺·万斯三十二岁时来到山屋。此时，她的母亲已经去世，在这世上她唯一仇恨的人便是她的姐姐，她厌恶她的姐夫和五岁大的外甥，她也没有朋友。这主要归因于她花了十一年时间来护理生病的母亲。这段经历使她成为较熟练的看护，但一遇到强烈的日光，她就会不停地眨眼。她记不起自己的成年生活是否曾有过一刻的快乐，她陪伴母亲的岁月完全建立在些许的内疚、微弱的责备、漫长的疲倦和无尽的绝望之上。尽管并不想让自己变得矜持和害羞，但她已经孤单了这么久，也无人可以去爱，以致她和别人随意交谈时都会忸怩不安，尴尬得找不到话说。她的名字出现在蒙塔古博士的名单上，是因为在她十二岁、她姐姐十八岁那年，她们的父亲去世还不到一个月的时候，没有任何先兆，也没有任何目的或理由，石头就如同雨点一般落到她们的房子上，发狂地击打着屋顶，从天花板上掉下来，沿着墙壁轰隆隆地滚下来，砸破了窗户。石头雨断断续续下了三天，让埃莉诺和姐姐深感不安的不仅是石头，还有更大的压力来自每天聚在大门外的邻居和前来围观的人，而她们的母亲盲目而歇斯底里地坚信这一切都是因为社区里那些诽谤中伤他人的恶毒之人，这些人从她一来到这里就对她怀恨在心。三天后，埃莉诺和家人搬到一个朋友家，石头雨停了。埃莉诺一家后来又搬了回来，她们与整个社区的争执也从未结束，石头雨却没有再出现过。除了蒙塔古博士这次询问的人，大家都忘记了这个故事；当然埃莉诺和姐姐也忘记了，在事发当时，她俩都认定对方才应对此事负责。

在她整个灰暗的人生中，从记事以来，埃莉诺一直在等待像山屋这样的事情。她护理着她的母亲，把暴躁的老妇人从椅子上搬到床上，无数次地摆出盛着汤和燕麦粥的碗和盘子，硬着头皮清洗肮脏的衣物。在做这一切的同时，埃莉诺秉持着一个信念：总有一天，会发生非同寻常的事情。她回函接受了去山屋的邀请，尽管她的姐夫执意给一些人打电话，以确保这位博士老兄不会把埃莉诺带到什么野蛮的仪式里去，接触到她姐姐认为不适合未婚年轻女子知道的一些事情。也许，埃莉诺的姐姐在卧室里悄声说，也许蒙塔古博士——如果这确实是他的真名——也许这个蒙塔古博士利用这些女性来做一些实验。你知道的，实验，他们做的那种。埃莉诺的姐姐用丰富的想象力思索着她听说过的那些博士所做的实验。埃莉诺没有这些概念，或者有也不感到畏惧。一言以蔽之，埃莉诺愿意去任何地方。

西奥多拉——她的名字用这几个字，她的素描签名是“西奥”，在她的公寓房门、店铺窗户、电话簿、灰白色的文具上和壁炉架上的可爱照片底端，名字都是“西奥多拉”。西奥多拉和埃莉诺一点儿都不像。对她来说，责任和良心之类只属于女童军[1]，西奥多拉的世界是欢快、明媚的。她跑到蒙塔古博士的名单上的起因，是有一次她嘻嘻哈哈地进了实验室，带着一股花香型香水味，然后不知怎的她既没有看也没有听，便从助手举着的二十张纸牌里正确辨认出十八张，又一次为十五张，再一次则为十九张，她本人也对自己的惊人能力感到愉悦，兴奋不已。西奥多拉的名字在实验室的记录上闪闪发光，不可避免地引起了蒙塔古博士的注意。西奥多拉饶有兴趣地读了蒙塔古博士的第一封信，出于好奇她回了信（也许是西奥多拉体内被唤醒的感知力在怂恿她步向山屋，也正是这种感知力告诉她视线之外的纸牌上是什么符号），她原本的打算是拒绝邀请的。也许又是她体内活跃而迫切的感知力起了作用，当蒙塔古博士的确认信件到来时，西奥多拉已经动心了，而

〔1〕 美国女童军（Girl Scouts of the USA）是美国最大的女孩团体组织，成立于1912年，1915年在华盛顿正式注册，1950年被美国国会列入宪章，成为既获得官方承认又具有民间性质的少儿组织。

且不知何故，她轻率地与公寓室友激烈争吵起来。双方都说了一些只有借助时间才能遗忘的话，西奥多拉故意无情地摔碎了她朋友刻的可爱小雕像——刻的是西奥多拉，她的朋友则冷酷地撕碎了阿尔弗雷德·德·缪塞的书，这是西奥多拉送的生日礼物，书页上有着西奥多拉诙谐的爱心满满的题词。这样的决裂行为，也许她们需要很长时间才能对此一笑了之。西奥多拉当晚便回信接受了蒙塔古博士的邀请，第二天就一言不发地启程了。

卢克·桑德森不但是个骗子，还是个小偷。他的姑妈是山屋的主人，总爱说她的侄子受过最好的教育，拥有最高级的衣服和最棒的品位，却有世上最糟糕的伙伴；她愿抓住任何机会把他关起来，让他平安地度过几个星期。她指使家庭律师去说服蒙塔古博士，声称如果没有家族成员在场，就绝不可能让他按照自己的意愿租住别墅。也许在他们第一次会面时，蒙塔古博士就察觉到卢克有一种力量，或者说是一种像猫一样的自卫本能，这使他几乎和桑德森夫人一样渴望卢克待在这栋房子里。无论如何，卢克觉得此事非常有趣，他的姑妈心存感激，而蒙塔古博士对他的加入更是十二分的满意。桑德森夫人告诉家庭律师，别墅里也确实没有什么卢克能偷的东西，虽然那里的旧银器值些钱，但对卢克来说，要偷走那些银器太难了，若要变现更需要花不少精力。桑德森夫人冤枉了卢克，卢克根本不想偷走家族银器，或是蒙塔古博士的手表，或是西奥多拉的手镯；他的欺诈行为主要限于从他姑妈的皮夹里拿点儿零花钱，玩牌时作个弊。他还经常倒卖手表和烟盒，这些都是他姑妈的女性朋友们被他的甜言蜜语迷惑得怀着怜爱之情、红着脸送给他的。虽然总有一天卢克将会继承山屋的产权，但他从没想过要住在那里。

3

“我只是觉得她不该把车开走，仅此而已。”埃莉诺的姐夫坚定地说。

“这车有一半是我的，”埃莉诺说，“付钱的时候我出了一份。”

“我只是觉得她不该把车开走，仅此而已。”她的姐夫对妻子说，“这不公平，她整个夏天都开着它，我们却没法开。”

“卡莉一直开着它，我都没把它开出过车库，”埃莉诺说，“而且，你们会在山上过夏天，也没法在那儿开它。卡莉，你知道在山上你不会用车的。”

“但如果可怜的小林尼病了，或是怎样呢？我们就需要开车送她去看医生。”

“这车有一半是我的，”埃莉诺说，“我要开走。”

“如果连卡莉也病了呢？如果我们找不到医生，需要去医院呢？”

“我需要它。我要开走。”

“我不这么认为。”卡莉缓慢而慎重地说，“我们不知道你要去哪儿，不是吗？你觉得这事情不适宜跟我们讲太多，不是吗？我看不出让你借用我的车有什么好处。”

“这车有一半是我的。”

“不！”卡莉说，“你不可以开。”

“对。”埃莉诺的姐夫点点头，“我们需要它，就像卡莉说的。”

卡莉微微一笑：“如果我把车借给你，如果发生了什么事，我将永远没法原谅自己，埃莉诺。我们怎么知道这位博士老兄值得信任呢？毕竟，你还是个年轻女子，且这辆车也值不少钱哪。”

“好吧，卡莉，我给私人侦探社的霍默打了电话，他说这家伙在某个学院或机构什么的有良好的声誉——”

卡莉依旧笑着说：“当然了，我们完全有理由假设他是个体面人。但埃莉诺决定不告诉我们她要去哪儿，如果我们想要回车子的话也不知道怎么找到她；如果发生了什么事，我们可能连知道的机会都没有。”“即使埃莉诺，”她对着茶杯，继续优雅地说，“即使埃莉诺准备好接受随便一个男人的邀请，跑去世界的尽头，仍然不能说服我同意她开着我的车去。”

“这车有一半是我的。”

“如果可怜的小林尼在山上病了，而周围什么人都没有，找不到医生可怎么办？”

“不管怎样，埃莉诺，我确信我所做的也是我们母亲所期望的。母亲信任我，要是我让你瞎跑出去，开着我的车跑去上帝才知道的什么地方，她肯定不会同意的。”

“要是连我都病了怎么办，在山上——”

“我肯定母亲会赞同我的，埃莉诺。”

“还有，”埃莉诺的姐夫突然又有了一个想法，“要怎么保证她把车子还回来的时候，还是好好的？”

凡事都有第一次，埃莉诺告诉自己。一大清早，她下了出租车，身体微微发着抖，因为也许这时候她姐姐和姐夫已经产生了些许的疑心；她快速地把行李箱拿下出租车，与此同时，司机把放在前座的纸箱抬了出来。埃莉诺给了他一大笔小费，寻思着她姐姐和姐夫是不是跟了上来，他们现在是不是已经进了这条街，正在说：“她在那儿，正像我们想的那样，这个小偷，她在那儿。”她紧张地扫了一眼街道两头，慌张地拐进他们停车的大型城市车库。她撞上了一位小个子老妇人，对方的包裹被撞撒一地，一个袋子翻倒在人行道上，掉出一块芝士蛋糕、几片番茄和一块硬面包，蛋糕已经被摔烂。“该死该死！”小个子老妇人尖声叫着，她仰起脸凑近埃莉诺，“我正要带回家，你这该死的！”

“我很抱歉。”埃莉诺说。她弯下腰，看着那几片番茄和芝士蛋糕，似乎已经无法捡起来，更无法把它们弄进破袋子里。埃莉诺还没够到，老妇人就已怒气冲冲地把其他包裹一把抓了起来，埃莉诺站起身来，忙不迭地微笑致歉：“真的很抱歉。”

“该死的。”小个子老妇人说，声音小了一点，“我正要回家做顿午饭。而现在，托你的福——”

“或许我能赔偿你？”埃莉诺手里拿着皮夹，老妇人站在那儿，思考着。

“我不能就这么拿你的钱。”她终于说，“这些东西不是我买的，它们是吃剩下的。”“你应该看看他们吃的火腿，”她生气地咬着嘴唇说，“不过被别人拿了。还有巧克力蛋糕，还有土豆沙拉，还有小纸盘子上的小糖果；我去得太晚了，什么都没了。而现在……”她和埃莉诺都低头看了一眼人行道，摔在上面的东西一片狼藉，小个子老妇人接着说：“所以我不能这样拿你的钱，不能为这些吃剩下的东西从你手上拿钱。”

“那我能给你买点儿替代品吧？我有十万火急的事情要去做，但如果我们能找到什么店铺开着门就可以——”

小个子老妇人狡黠地笑了笑。“至少我还有这个。”她说，同时紧紧地抱着一个包裹。“你可以付我打车回家的路费，”她说，“这样我就不会再被别人撞到了。”

“乐意之至。”埃莉诺说着转过身，面对饶有兴趣地等在一边的出租车司机，“你能载这位夫人回家吗？”她问。

“几美元就行。”小个子老妇人说。“当然还有给这位先生的小费。我个子这么小。”她拿腔拿调地解释说，“这很危险，确实很危险，人们经常会撞到你。尽管如此，我真的很高兴能遇到你这样愿意补偿的人。有时候撞到你的人连头都不回。”在埃莉诺的帮助下，她拿着包裹爬进了出租车，埃莉诺从皮夹里拿出两美元和一枚五十分的硬币，交给小个子老妇人，她紧紧地攥在手心里。

“好吧，亲爱的。”出租车司机说，“我们去哪儿？”

小个子老妇人咯咯笑着：“上路后我会告诉你的。”然后对埃莉诺说：“祝你好运，小宝贝。以后走路注意，别再撞到人了。”

“再见！”埃莉诺说，“我真的非常抱歉。”

“已经没事了。”小个子老妇人说着，在驶离路边的出租车上向她挥手，“我会为你祈祷的，小宝贝。”

好吧，目送着出租车，埃莉诺想，至少有一个人会为我祈祷了。至少有一个人。

4

这是夏天里第一个真正的晴天。这个季节总会让埃莉诺满腹辛酸地想起她的童年，那时候一整年都好像是夏天，在她的记忆中没有冬天，直到她父亲去世的那个寒冷潮湿的日子。最近她开始琢磨，斗转星移之间，她是如何虚度这些夏日的，她怎能如此挥霍它们？我是个傻瓜，每个初夏她都这样对自己说，我是个十足的傻瓜。我已经长大成人，懂得了事物的价值。没有什么东西真的能被浪费掉，她理智地想，即使是一个人的童年。而后每一年的某个夏日清晨，当温热的风吹过她正散步的街道，她都会萌生一种带着寒意的微弱念头：太多的时间就这么流逝了。在今天早上，尽管担心他们终究会意识到她来了这里，她仍然开走了和姐姐共有的小车，规矩地驶在街上，遵守交通规则，该停的时候停下，能转弯的时候转弯。她对着斜照在街上的阳光笑逐颜开，心里想着，我出发了，我出发了，我终于向前迈出了一步。

以前，在姐姐的允许下，她开这辆小车，总是小心翼翼、格外留神，避免哪怕是一点点剐蹭，以免惹恼她的姐姐。但今天，她的纸箱放在后座，行李箱放在车座下面，手套、皮夹和薄大衣在她旁边的座位上，这辆车完全属于她，一个自如的小世界。我真的出发了，她想。

在她拐上出城的高速公路之前，遇到最后一个交通信号灯，她停下车子等待绿灯，从皮夹里拿出蒙塔古博士的信。我可能都不需要地图，她想，他一定是个特别谨慎的人。“……三十九号公路到阿什顿，”信上写着，“接着左转上五号公路，向西开。沿着这条公路开不到三十英里，你将会到达希尔斯戴尔小村庄。穿过希尔斯戴尔到一个转弯处，左边是个加油站，右边是教堂，在此左转开上一条看起来很狭窄的乡村公路，你要爬坡开到山里，路况相当差。沿着这条路开到头——大约六英里——你将到达山屋的大门口。我详细指明这些路线，因为在希尔斯戴尔停下问路是极不明智的。那里的人对陌生人很无礼，并且对打听山屋的任何人都会显露出公开的敌意。”

“我非常高兴你将来到山屋加入我们，十分乐意在六月二十一日星期四与你见面……”

信号灯变了；她拐上高速路，就此远离了城市。现在，她想，没有人能抓住我了，他们连我去哪儿都不知道。

她从来没独自开过远路。如果把她可爱的旅途分割成英里和小时是个愚蠢的想法，她开车行驶在指示标线和路旁那一排树之间，丝毫都不曾偏离，她把这段旅途看作一条时间的走廊，每个崭新的时刻都带她走上一条不可思议的新奇道路，去往一个全新的地方。重要的是她主动踏上了这趟旅途，而不是她要去哪儿，她的目的地模糊不清，难以想象，也许并不存在。她打算细细品味路上的每一次转弯，深情地看待这条路、这些树木、房子和丑陋的小镇，开玩笑地想象她心血来潮在某个地方停下，再也不离开。

她可以把车停在高速公路边上——不过这可不行，她跟自己说，如果她真这么做会被罚的——随后丢下车子，漫步走过这些树木，走到远处那温和、热情的乡村去。她可以追着蝴蝶或是沿着溪流，漫无目的地游走，直到精疲力竭，在夜幕降临的时候来到某个穷伐木工的棚屋借住；她可以在东巴林顿、德斯蒙德或伯克行政村里安家；她可以永远不离开这条路，只是一直开呀开，直到车胎报废，到达世界的尽头。

不过，她想，我也可以一路开到山屋，在那里有人期待着我去，会给予我庇护、食宿和一笔象征性的小小薪水——考虑到我放弃了城市里的工作和生活，跑出来见世面。我想知道蒙塔古博士是怎样的人，我想知道山屋是什么样子，我想知道那儿还有谁。

现在已经离城市很远了，她留意着要拐上三十九号公路的地方，蒙塔古博士在世上那么多条路中为她选择的这条神奇之路，将会把她平安地带向他，带向山屋；只有这条路才能把她带到她向往的地方。蒙塔古博士言之凿凿，他是绝对可靠的。在指向三十九号公路的指示牌下方是另一个牌子，上边写着：阿什顿，一百二十一英里。

公路现在成了她的亲密朋友，忽而转弯忽而向下。车子转过弯去总有惊喜在等待着她——一次是一头奶牛在栅栏对面望着她，一次是一条无甚好奇心的狗——往下则会开进一个个小镇所在的山谷，驶过田野和果园。在一个小村庄的主路上，她经过一座有柱廊、围墙和百叶窗的大房子，门前的台阶上有一对石狮子守卫着，她想也许可以住在这儿，每天早上给石狮子掸灰，每天晚上拍着它们的头道晚安。她对自己说，放心吧，时间之轴在这个六月的早上刚刚开始转动，但它又是如此不可思议的新奇，如此自行其是；在短短几秒钟里，我已经在一座正门前有两头石狮子的房子里住了一辈子。每天早上我打扫门廊，给石狮子掸灰，每天晚上我拍着它们的头道晚安，每周我会用热水和苏打给它们洗一次脸，刷洗鬃毛和爪子，用一根棉签清洗它们的牙缝。在房子内部，房间高而开阔，有锃亮的地板和抛光玻璃。一位讲究的小个子老妇人照料着我，郑重其事地用托盘端着银质茶具走来走去，她为我的健康着想，每晚都会端来一杯接骨木果酒。我在狭长寂静的餐厅里独自进餐，桌面忽明忽暗，高窗之间的墙面上，白色镶板在烛光的映照下微微发亮；我的餐点是一只鸟、花园里种的萝卜和自制的李子果酱；我睡在一张有白色蝉翼纱质天篷的床上，一盏夜灯守护着我。人们在街上向我鞠躬，所有人都为我的石狮子感到骄傲。当我死去的时候……

她现在已经把这个小村庄远远地抛在后边了，正开车经过脏兮兮、歇业的午餐摊子和开裂的指示牌。很久以前，离这里不远处曾经有个集市，举办过摩托车比赛，指示牌上还残留着只言片语，其中一个词读起来是“挑战”，还有一个是“邪恶”，她随即笑话自己不管在哪儿都能找出一些征兆，其实这个词是“爱冒险的”[1]，埃莉诺，爱冒险的车手们。接着她放慢了车速，她开得太快了，可能会过早到达山屋。

她在路边找了个地方停下车来，难以置信而又惊奇地注视着周围的一切。先前她沿着这条路开了大约四分之一英里，眼前是一排被照料得极好的整齐的夹竹桃，开满了粉色和白色的花。现在她来到被它们保护着的大门入口处，在大门内侧，树木继续向前延伸。大门入口处只有一对荒废的石柱，石柱之间有一条路通向旷野。她能看见夹竹桃从路两边分开，沿着一个大广场的四边生长，她远远地看到广场的另一边也有一排夹竹桃，看起来是沿着一条小河生长的。夹竹桃广场内部空无一物，没有房子，也没有建筑物，只有一条笔直的路穿过广场，在溪流处抵达尽头。她想知道，这里曾派过什么用场，如今却踪迹难寻，抑或是曾打算派什么用场，却从未实现？以前是不是有人打算建一座房子，或是一座花园或果园；人们是永远地离开了这里，还是将会回来？她想起夹竹桃是有毒的，它们是否在此守卫着什么？会

[1] 她先看到“dare”，意为“挑战”；又看到“evil”，意为“邪恶”；最后理解为“daredevil”，意为“爱冒险的”。

不会，她想，会不会当我下车走过废弃的大门，置身于有魔力的夹竹桃广场，就会发现自己步入了一个仙境？这里被毒物保护着，不让路人看到。一旦我走过魔法门柱，会不会就发现自己通过了防护屏障，咒语就被打破了？我将走进一个芳香的花园，花园里有喷泉和低矮的长凳，还有在藤架上培育的玫瑰花，我会发现一条小径——由宝石铺成，可能是红宝石和绿宝石，舒适程度足以让一位公主穿着便鞋走在上面——它将把我直接带到在咒语下沉睡的宫殿。我将走上低矮的石台阶，经过守卫的石狮子，走进一个带喷泉的庭院，王后正在那里哭泣，等着公主回来。她一看见我就扔下手上的刺绣，大声呼喊宫殿里的仆人们——在漫长的沉睡后他们终于活跃了起来——去准备一场盛宴，因为魔法已经失效，宫殿恢复了原状。我们从此幸福地生活在一起。

不，当然，她一边想着一边重新发动了车子，一旦宫殿变得肉眼可见，一旦咒语被打破，整个咒语都将破碎，在夹竹桃之外的整个乡村都将变回原来的样子，村庄、指示牌和奶牛逐渐退去，变成一幅有童话色彩的柔和的绿色图画。然后，有一位王子骑着马下山，身着明亮的绿色和银色衣裳，一百个弓箭手跟着他，三角旗飞舞，骏马奔腾，宝石闪闪发光……

她笑了起来，用笑容向魔法夹竹桃告别。改天，她对它们说，改天我会回来打破你们的咒语。

开了一百零一英里之后，她停车去吃午饭。她找到一家标榜自己是“旧磨坊”的乡村餐馆，不可思议的是，她被安排坐在露台上，露台底下便是湍急的溪流，她俯视着潮湿的岩石和令人陶醉的闪闪发光的水流，面前桌子上是用一个雕花玻璃碗盛着的软白干酪，餐巾里包着玉米棒。她想要慢慢享受午餐，因为在这个时刻，在这片土地上，魔法能随时被施展出来，也能随时被打破。她心里知道直到这一天结束之前，山屋都会等着她。除她以外，餐厅的客人只有一家四口，一对父母带着一双儿女，他们轻声细语地交谈着，小女孩有一次转过身来，带着毫不掩饰的好奇望向埃莉诺，片刻之后微笑了起来。下方溪流的闪光映在天花板和抛光桌面上，在小女孩的卷发上一闪即逝，小女孩的母亲说：“她要她的星星杯。”

埃莉诺吃惊地抬起头，小女孩在椅子上往后缩，不高兴地拒绝喝牛奶，她的父亲皱着眉头，哥哥吃吃地笑，她母亲平静地说：“她要她的星星杯。”

的确，埃莉诺想，的确，我也想要一个星星杯，当然了。

“她的小杯子，”母亲正在解释，面带歉意地对女服务生微笑着，后者为小女孩竟然不满意磨坊出产的高质量乡村牛奶而大吃一惊，“杯底内侧有星星，在家里她一直用它喝牛奶。她叫它星星杯，因为在喝牛奶的时候能看到星星。”女服务生点点头，不太服气的样子。母亲告诉小女孩：“今晚我们回到家，你就能用你的星星杯喝牛奶。不过现在，做个乖乖听话的小姑娘，用这个玻璃杯喝牛奶，好吗？”

别听她的，埃莉诺告诉小女孩，坚持要你的星星杯。一旦他们哄着你，让你变得跟其他人一样，你就再也见不到你的星星杯了。别听她的。小女孩瞥了她一眼，绽开一个微妙的、心领神会的微笑，现出两个酒窝来，然后对着玻璃杯倔强地摇头。勇敢的小姑娘，埃莉诺想，又机灵又勇敢的小姑娘。

“你太宠着她了。”她父亲说，“不该让她这么异想天开。”

“就这一次。”她母亲说。她放下那杯牛奶，温柔地拉了拉小女孩的手。“吃你的冰激凌吧。”她说。

当他们离开时，小女孩向埃莉诺挥手告别，埃莉诺也挥手回应。欢快的溪流在她座位下方翻滚而过，她坐在那儿，在一种令人愉悦的孤独中喝完了咖啡。我没有多少路要赶了，埃莉诺想，我已经走了一多半。旅行结束了，她想。与此同时，在她心底，有一首曲子的结尾段落在脑海中翩翩起舞，像小溪一样闪闪发光，带来模糊的只言片语；“不要蹉跎了大好的年华，”她想，“不要蹉跎了大好的年华。”[1]

---

〔1〕 出自莎士比亚《第十二夜》第二幕第三场，译文引自朱生豪译《第十二夜》，人民文学出版社 2012 年 11 月版。

她途经一个隐藏在花园中的小小农舍，差一点儿就在阿什顿镇外永远地停留下来了。我可以在这儿独自生活，她想。她放慢车速，顺着花园曲折的小径看到一扇小小的蓝色的正门，更完美的是，台阶上趴着一只白猫。有那么繁茂的玫瑰花丛挡在前边，没人能找到我，为了确保这一点，我还会在路边种上夹竹桃。在凉爽的早晨，我会在炉边生火烤苹果吃。我会喂养那只白猫，为窗户缝制白色的窗帘，有时出门去商店买肉桂、茶叶和缝纫线。人们会来找我算命，我将为伤心的少女熬制爱情魔药；我会养一只知更鸟……但现在农舍已经被远远地抛在后面，是时候寻找蒙塔古博士仔细标绘好的新道路了。

“左转上五号公路，向西开。”她按照他信上写的路线开着，既高效又准时，就好像他一直在远方某处指引着她，用他的双手控制她的车子行进；她在五号公路上向西开，她的旅程也快结束了。不管他怎么说，她想，我会在希尔斯戴尔停一小会儿，就喝一杯咖啡，我不能让我的长途旅行这么快就结束。不管怎样，这也不算是真正违背他的要求；信上说在希尔斯戴尔停下问路是不明智的，却没有禁止我停下来喝杯咖啡，说不定只要我不提山屋，就没做错任何事。无论如何，她暗自想着，这是我最后的机会了。

她还没有反应过来，就已经到了希尔斯戴尔，脏兮兮的房子杂乱无章地连成一片，街道弯弯曲曲，景象十分混乱。这个地方很小，她刚一开上主街，就看到了另一头那个有加油站和教堂的转角。只有一个地方看上去能停下来喝咖啡，是一家不起眼的快餐店，但埃莉诺已经打定了主意要在希尔斯戴尔停留一会儿，于是她把车停在快餐店前方有些破损的路沿前，下了车。她想了想，默默地对这个村庄点头致意，然后锁上了车，留意了一下车底板上的行李箱和后座上的纸箱。我就在希尔斯戴尔待一小会儿，她一边想，一边打量着眼前的街道，即使在阳光下，它也显得既阴暗又丑陋。一只狗在墙边阴凉处打盹，睡得不太安稳，街对面有一个妇人站在门口看着埃莉诺，两个男孩懒洋洋地靠着一排篱笆，刻意保持安静。埃莉诺害怕陌生的狗、面带嘲弄的妇人和小混混，她快步走进快餐店，手里攥着皮夹和车钥匙。店内吧台后边有个下巴后缩、略显疲态的女孩，另一头有个男人坐着在吃东西。当她看到那灰色的吧台，还有在一盘甜甜圈上扣着的污迹斑斑的玻璃碗，她不禁猜想他一定是饿极了，才会走进这家店。“咖啡。”她对吧台后的女孩说，女孩疲倦地转过身，从架子上的一堆杯子里拿下来一只。我必须喝这杯咖啡，因为我之前这么决定了，埃莉诺坚定地告诉自己，但下次我会听蒙塔古博士的。

吃东西的男人和吧台后的女孩之间有某种复杂微妙的默契，她把埃莉诺的咖啡放下的时候，带着笑意瞥了他一眼，他耸耸肩，女孩随即笑了一声。埃莉诺抬起头来，女孩正审视她自己的指甲，男人正拿面包擦他的盘子。也许埃莉诺的咖啡被下了毒，看上去确实像有毒的样子。埃莉诺下定决心要把希尔斯戴尔村探个究竟，她对女孩说："请给我也来一个甜甜圈。"女孩斜着眼看了一下男人，把其中一个甜甜圈滑到盘子上，放到埃莉诺面前，当她瞥见男人投来的另一道目光时又笑了一声。

"这是个漂亮的小镇[1]。"埃莉诺对女孩说，"它叫什么？"

女孩盯着她看，可能从来没人胆敢把希尔斯戴尔称作一个漂亮的小镇。过了片刻，女孩再次看了看男人，就好像需要某种确认，然后说："希尔斯戴尔。"

"你在这里住了很久吗？"埃莉诺问。我不会提到山屋的，她向远方的蒙塔古博士保证，我只想消磨一点时间。

"对。"女孩说。

"住在这样一个小镇上肯定很愉快。我从城里来。"

"是吗？"

"你喜欢这儿吗？"

"还行。"女孩说。她又看了看男人，他正在仔细听着。"没什么事儿做。"

〔1〕 埃莉诺为了恭维女孩，把希尔斯戴尔称作小镇。

“这个镇有多大？”

“很小。你还要咖啡吗？”这是对男人说的，他正把杯子和杯托碰得咔咔响，埃莉诺战战兢兢地抿了一口咖啡，不明白他怎么会想续杯。

“这附近有很多参观者吗？”她问道，女孩已经添满了咖啡杯，回来懒散地靠在架子上。“我是说游客？”

“为什么？”女孩带着也许是埃莉诺见过的最空虚的表情瞥了她一眼，“为什么有人要来这儿？”她闷闷不乐地看了男人一眼，补上一句，“这儿连个电影院都没有。”

“但这些山这么美。大多数时候，像这样的偏远小镇，都会有城里人到山上建他们自己的房子。为了隐居。”

女孩干笑了一声：“在这儿没有。”

“或者改建老房子——”

“隐居。”女孩说着又笑了一声。

“这真令人意外。”埃莉诺说着，注意到男人在看着她。

“对，”女孩说，“哪怕他们建个电影院呢。”

“我想，”埃莉诺小心地说，“我可能还会四处转转。老房子通常都很便宜，改造它们又很有趣。”

“附近没有。”女孩说。

“那么，”埃莉诺说，“这附近没有老房子？在那些山后边有没有？”

“没有。”

男人站起来，从他的口袋里拿出零钱，第一次开了口。“人们只会离开这个小镇，”他说，“他们不会来这儿。”

门在他身后关上，女孩把淡漠的目光转回埃莉诺身上，几乎带着点儿怨恨，仿佛责怪是埃莉诺的喋喋不休把男人赶走了。“他说得对。”她最后说，“他们走了，那些幸运儿。”

“为什么你不离开？”埃莉诺问她，女孩耸耸肩。

“走了我就能过得好点儿吗？”她问。她冷冷地接过埃莉诺的钱，找了零钱，然后，用她那种快速的瞥视，又瞥了一眼吧台尽头的空盘子，脸上似乎露出一丝微笑。“他每天都来。”她说。埃莉诺回她一个笑容，正要开口，女孩却背过身，忙着擦拭架子上的杯子。埃莉诺觉得她可以走了，于是欣慰地从她的咖啡前站起身，拿起车钥匙和皮夹。“再见。”埃莉诺说。女孩仍然背对着她，说：“祝你好运。祝你找到你的房子。”

5

从加油站和教堂向远处延伸的那条路，路况确实非常糟糕，路面布满深深的车辙，岩石众多。埃莉诺的小车一路上蹒跚颠簸，这片山对它毫无吸引力，让它不愿深入。在路两侧，茂密得让人感到压抑的树木底下，白昼仿佛迅速接近了尾声。这条路看上去不太会堵车，埃莉诺嘲讽地想，她快速转了一下方向盘，躲过前方一块特别险恶的岩石；在这种路上开六英里对车子可没什么好处。在这段时间里，她第一次想起了她的姐姐，她笑了起来。到了这个时候，他们一定知道是她开走了车子，但不知道她去了哪儿；他们肯定会难以置信地跟对方说，从来没想过埃莉诺会这么做。我也从来没想过自己会这么做，她想着，同时仍在发笑；所有的事都不同了，我是个崭新的人，离家十万八千里。“不要蹉跎了大好的年华，……欢笑嬉游莫放过了眼前……”[1]当车子撞上一块岩石时，她倒吸了一口气，车子向后退缩，车底传来剐擦声，这似乎是个坏兆头，但接着车子便英勇地重整旗鼓，继续顽强地爬坡。树枝掠过挡风玻璃，四周逐渐变暗。山屋将要隆重登场，她想，我怀疑太阳是不是从没照进过这里。在最后一次努力之下，车子终于轧过路面上缠结成一团的枯叶和小树枝，来到山屋大门前的一块空地上。

我为什么会在这儿？她突然无助地想，我为什么会在这儿？大门又高又沉重，给人一种不祥的感觉，它牢牢地嵌在一面石墙上，石墙延伸出去，远远消失在树林中。从车里她就能看到门上的挂锁和缠绕在铁栅上的链条。在门的另一侧，她只能看到那条路一直延伸，然后转了个弯，路两边都

〔1〕 出自莎士比亚《第十二夜》第二幕第三场，译文引自朱生豪译《第十二夜》，人民文学出版社2012年11月版。

是树木投下的暗影，那些树木静立不动，一片黑暗。

大门锁得结结实实，不仅上了锁，还上了双重锁，用链条系住，再用铁栅挡住。她想知道，谁会这么拼命地想要进去？她没有下车，按响了汽车喇叭，这些树木和大门震动了一下，仿佛在这声音下稍稍退开了一点。一分钟后她再次鸣笛，看见一个男人从大门里侧向她走过来；他就像那道挂锁一样阴沉且不友好，还没走过来，就越过栅栏看着她，怒容满面。

“你要什么？”他的声音刺耳又不友善。

“我想进去，拜托你。请打开门锁。”

“谁说的？”

“怎么——”她有点儿支吾了。“我应该进去的。”她最后说。

“为什么？”

“有人在等我。”果真如此吗？她突然想到，这里会不会就是我旅途的终点？

“谁？”

她知道，他肯定很高兴能有机会滥用他的职权，仿佛一旦去开锁，就会失去他心目中拥有的那一点点暂时的优势。——而我又有什么优势？她不知道，毕竟，我在大门外边。因为害怕自己显得无能，她平时就很少发脾气；她能看得出，发脾气只会把他赶走，而她只能留在大门外，徒劳地抱怨着。如果过后他为自己的傲慢受到责备，她甚至能预料到他的无辜表现——蓄意露出茫然的笑容，瞪大空洞的双眼，用一种呜咽的声音辩解，说他本想让她进来的，他打算让她进来，但他怎么能肯定这是对的？他奉命行事，不是吗？他必须听从吩咐。如果他让某个不应该进来的人进来了，他就惹上麻烦了，不是吗？她能预料到，说完他会耸耸肩。这样想象他的表现，在心里嘲笑他，可能就是她能做出的最坏的事了。

他从大门前退开，仍然盯着她看。“你最好晚点儿再来一趟。”他说，然后以一种自鸣得意的胜利姿态转过身去。

“听着，”她在他身后喊道，仍然不想显得很生气，“我是蒙塔古博士的客人之一，他正在房子里等我——请听我说！”

他转过身对她咧着嘴笑。“他们不可能正在等你，”他说，“因为到现在为止，你是唯一一个来到这儿的人。”

“你是说房子里没有人？”

“据我所知，没有。也许我妻子在那儿，她正在布置房间。所以，他们不可能正在那儿等你，不是吗？”

她向后靠上车座，闭上双眼。山屋，她想，你就像天堂一样难进。

“我想你知道你是为了什么来这儿，对不对？我猜你还在城里的时候，他们就告诉你了？你听说过有关这个地方的事吗？”

“我只知道我是作为蒙塔古博士的客人受邀来这里。等你打开大门我就进去。”

“我会打开它的，我正要打开它。我只想确定你知道前方有什么在等着你。你以前来过这儿吗？也许你是这家人里的一个？”现在他隔着栅栏盯着她看，他嘲弄的表情是在挂锁和链条之后的又一道障碍，“在我确定之前不能让你进来，不是吗？你说你的名字是什么来着？”

她叹了口气：“埃莉诺·万斯。”

“那你就不是这家人里的一个了，我猜。你听说过有关这个地方的事吗？”

这也许是给我的机会，她想，是给我的最后一个机会。我可以就在此时此地，在大门前掉转车头，离开这里，没人会为此责怪我。任何人都有出走的权利。她把头探出车窗，带着怒意说：“我的名字是埃莉诺·万斯。我预定好要到山屋来。马上打开大门的锁。”

“好吧，好吧。”他不慌不忙地把钥匙插进挂锁，转动着它，这样的卖弄显得很多余。他打开挂锁，松开链条，把大门开到刚好够车子通过的宽度。埃莉诺慢慢地开动车子，但他跳到路边上的那股敏捷劲儿，让她不禁琢磨他是不是察觉到了她脑海中一闪而过的冲动。她笑了起来，停了车，因为他正走向她——安全地从车子侧面走过来。

“你不会喜欢它的。”他说，“你会后悔我开了这道门。”

“请别挡路。”她说，“你已经拦了我很长时间了。”

“你以为他们还能找到别人来开这道门吗？你以为除了我和我妻子，还有谁肯在这一带待这么久？你以为这么长时间以来，我们一直在为你们这些无所不知的城里人布置房间、打开大门，还不能做到让一切都听我们的吗？”

“请从我的车边让开。”她不敢对自己承认，他吓住了她，她也害怕他察觉到这一点。他靠在车身上，这种靠近令人厌恶，而他巨大的怨气也让她不解；她确实让他为自己开了门，但难道他把里边的房子和花园看作他的私有物了吗？蒙塔古博士信中提到的一个名字出现在她脑海中，她好奇地问：“你是不是看门人达德利？”

“对，我是看门人达德利。”他学她说话，“你以为还有谁会在这儿？”

可靠的家族老仆从，她想，骄傲、忠诚、非常令人讨厌。“照管这房子的只有你和你的妻子吗？”

“不然还有谁？”这既是一种自吹自擂，也是一种咒骂，就像他人生之歌的副歌部分，一再重复。

她不安地动来动去，既想不露痕迹地拉开距离，又指望自己发动车子的一系列小动作能让他站到一边去。“我相信你和你的妻子会让我们在这里过得非常舒适，”她的声音里有一种想要结束对话的语气，“不过，现在我急着要尽快到房子那里去。”

他的窃笑令人生厌。“而我，”他说，“现在天黑之后我不会在这一带闲逛。”

他从车边站开，得意扬扬地咧着嘴笑，尽管在他眼皮底下发动车子有点儿尴尬，埃莉诺还是庆幸终于可以把车开走了。也许沿着车道前进的一路上，他都会不停地跳到我眼前来，她想，就像一只吃吃笑的柴郡猫[1]，每次出现都大喊着我应该为此感到高兴，至少在天黑前还有人愿意在这个地方转悠。看门人达德利的脸将会出现在树木之间——为了显示她一点儿也没受到这个念头的影响，她开始吹口哨，却有点儿恼火地发现同样的曲调仍然在她的脑海中回荡：“欢笑嬉游莫放过了眼前……”她生气地告诉自己，她必须得努力去想想除此以外的事了。她敢肯定，余下的那些词句如此顽固地躲藏起来，不让她回想起来，一定是因为内容极为不妥，她初到山屋时若是被人发现哼唱这样的句子，很可能是非常不体面的。

她时不时地能越过树梢瞥见位于树木和山丘之间的屋顶，好像还有一座塔楼，那一定就是山屋。在建造山屋的那个年代，他们把房子建得太古怪了，她想。他们给房子

〔1〕 柴郡猫是英国作家刘易斯·卡罗尔创作的童话《爱丽丝梦游仙境》中的虚构角色，形象是一只咧着嘴笑的猫，拥有能凭空出现或消失的能力，甚至在它消失以后，它的笑容还挂在半空中。

加建了塔楼、角楼、扶壁和木质花边，有时还加上哥特式尖顶和滴水嘴怪兽；没有任何未加修饰的东西。也许山屋有一座塔楼，或是一间密室，甚或一条通向群山的秘密通道，很可能为走私者所用。——不过在这样偏僻的群山中，能找到什么值得走私的呢？说不定我将遇到一位邪恶的、英俊的走私者，然后……

她把车开上最后一段直路，这段路正面朝向山屋，接着一个下意识的动作，她踩下刹车停下车子，瞠目结舌地坐在那儿。

这房子是邪恶的。她微微颤抖，这些念头自动地跑进她脑海里：山屋是邪恶的，是病态的，马上离开这儿。

第二章

1

人的眼睛很难孤立地看一座房子的外部线条和它所处的位置，二者令人不快的搭配往往暗示了某种邪恶。某个疯狂的建筑组合形式，或是某个扭曲的角度，或是屋顶和天空的某一次偶然相遇，莫名地把山屋变成了一个绝望之地。更可怕的是从外表看去，山屋已经觉醒，一扇扇假窗似在戒备着什么，弯弯的飞檐带着少许幸灾乐祸的感觉。几乎任何一座房子，若是乍一出现在观察者眼前，或是从一个非同寻常的角度看上去，都会显得非常诙谐风趣；即使是一根调皮的短烟囱，或是一扇像小酒窝似的天窗，也能激发旁观者的认同感；但是，一座傲慢而充满仇恨、时时警惕的房子，只能是邪恶的。这座房子看上去似乎是自己形成的，在建造者手下拼凑出属于它自己的强有力的样式，将自身纳入线条和角度的结构中，让自己巨大的顶部高耸入云，决不向人类让步。它是一座毫无善意的房子，打一开始就不宜居住，它不是个好地方，不适合容纳人类，或爱情，或希望。驱魔仪式也无法改变一座房子的嘴脸，山屋将保持不变，直至被人摧毁。

我应该在大门外就转身回去的，埃莉诺想。这座房子让她的心头一紧，她顺着房子的屋顶线条看过去，努力想找出有什么邪恶的东西居住在那里，却劳而无功。她的双手因为紧张而变冷，于是她摸索着想要拿出一根香烟，最要命的是她感到害怕，听见心里传来令人毛骨悚然的声音，那声音在向她低语：离开这儿，离开。

但这就是我不远千里来到这儿要找的东西，她告诉自己，我不能回去。而且，如果我再经过那扇大门回去，他会嘲笑我的。

她试着不去抬头看这座房子——甚至连它的颜色、风格或规模都没弄清楚，只知道它又庞大又黑暗，正俯视着她。她再次发动车子，开过最后一小段车道，直接开到台阶前，台阶直通门廊，指向正门，有种无路可逃的感觉。车道拐向两边，将房子围住，也许稍后她可以开车转转，找到某个建筑物把车子停进去；不过现在她心神不宁，不敢把离开这里的工具和自己彻底隔绝。她把车移到一边，刚够给后来者让开路。——她冷酷地想，倘若任何人第一眼看到这座房子的时候，房子前方停着汽车这样令人欣慰的事物，那可就太遗憾了。她下了车，拿上行李箱和大衣。好吧，她底气不足地想，我已经在这儿了。

她全凭精神力量抬起脚，踏上第一级台阶，她觉得自己之所以极不情愿和山屋有初次接触，是因为她有一种感觉，这种感觉非常逼真——它正等着她，怀着恶意，却又很耐心。恋人的相遇终结了行程[1]，她终于想起了她的歌，于是站在山屋的台阶上笑了起来，恋人的相遇终结了行程。接着她坚定地走上台阶，走向门廊和正门。山屋迅速地包围了她，她置身阴影中，她的足音在木质门廊上回响，粗暴地打破了一片寂静，上一次有人踏足这里似乎已经是很久以前的事了。她抬手握住沉重的铁门环，门环的底座是一张孩子的脸，她决心弄出更大、更多的声响来，这样就能让山屋确知她在这儿了。门突然毫无征兆地打开了，她面前出现了一个妇人，不用说，只可能是看门人的妻子。

“达德利太太？”她屏住呼吸说，“我是埃莉诺·万斯。我预定好要到这儿来。”

妇人沉默地站到一边。她的围裙很干净，头发也很整洁，但她身上却透出一种难以形容的污浊之感，与她的丈夫给人的感觉相当一致；她多疑又阴沉的表情，与他恶毒又暴躁的表情也很相配。不对，埃莉诺告诉自己，部分原

---

〔1〕 出自莎士比亚《第十二夜》第二幕第三场。

因是这里所有的事物看起来都这么阴暗，部分原因是我料想过那男人的妻子会很丑恶。如果我没见过山屋，是不是就不会这么不公平地对这些人？他们只是负责照管它，如此而已。

她们所处的大厅充斥着过多的繁复的深色木雕，远端的楼梯透出一种沉重感，大厅显得黯淡无光。在楼梯之上似乎有另一条走廊，横向穿过房子；她能看见一个宽大的楼梯平台，越过楼梯井，沿着二楼走廊有一排关着的房门。现在她站立之地的两侧都是高大的双扇门，上面刻着水果、谷物和动物图案；在这房子里她看得见的所有房门都是关着的。

她试着开口，声音却淹没在一片昏暗的寂静中，她不得不再试一次。“你能带我去我的房间吗？”她终于问道，同时向地板上的行李箱做了个手势，她看着那只手的倒影摇摆不定，一直下沉，沉到光滑地板的暗影中去了。“我猜我是第一个到这儿的。你——你说了你是达德利太太吧？”我觉得我要哭了，她想，像个孩子一样抽泣、哀号，我不喜欢这儿……

达德利太太转过身开始上楼，埃莉诺提起行李箱匆忙跟上，她愿意跟在这房子里的任何活物后边。不，她想，我不喜欢这儿。达德利太太走到楼梯顶端，向右转去，埃莉诺凭借某种极佳的洞察力，发现房子的建造者已经放弃了任何风格上的努力——也许他们发现不管如何选择，这房子都会变成一个样子——在二楼设置了一条笔直的长廊，用来安排众多的卧室房门。她的第一印象是建造者过于匆忙地完成了房子的二楼和三楼，迫切盼望尽早完工并离开这儿，因此这些房间有着尽可能简单的样式，未加任何修饰。走廊的左手边尽头处是第二道楼梯，它很可能是从三楼的仆人房途经二楼，一直通往楼下的工作间；走廊的右手边尽头有一个房间，由于位处末端，那个房间的采光也许是最好的。这里沿用了深色木雕，沿着走廊的两个方向都有一系列看上去像是做工不佳、排布却又精确得令人厌恶的雕刻，除此之外，没有什么东西打破走廊的笔直状态，那些房门现在也全都关着。

达德利太太穿过走廊，随手打开一扇门。“这是蓝房间。”她说。

根据楼梯的转向，埃莉诺推测这个房间是在房子的正面。安妮妹妹，安妮妹妹[1]，她想着，向它走去，房间里透出光亮，让她感到庆幸。“真不错。”她站在门口说，不过这只是因为她觉得自己必须得说点儿什么；其实它一点儿都不好，只是勉强还能忍受，房间内部和山屋各处显示出

---

[1] 英国维多利亚时代女作家比阿特丽克斯·波特的同名小说主人公，该小说是一个类似《蓝胡子》的小说。

的一模一样，有种极度不协调的感觉。

达德利太太闪到一边，让埃莉诺能进去，然后她对着墙壁自说自话起来。“六点整我在餐厅的餐边柜上摆好晚餐，”她说，“你可以自己用餐。我会在早上收拾干净。早餐会在九点为你准备好。这就是我认可的方式。我没法把房间收拾成你喜欢的样子，但你也找不到其他人来帮我。我不伺候别人。我答应做这些事，并不意味着我伺候别人。”

埃莉诺点了点头，犹豫不决地站在门口。

“我摆好晚餐之后就不待在这儿了，”达德利太太继续说，“天开始变黑之前就不在了。我在天黑之前离开。”

“我知道。”埃莉诺说。

“我们住在那边镇上，六英里以外。”

“好。”埃莉诺想起了希尔斯戴尔。

“所以就算你需要帮助，这附近也没有任何人。”

“我懂了。”

“我们连听都听不见你的声音，在夜里。”

“我想我不会——”

“没人能听见。没人住得离这儿比镇上还近。没人会来到比它更近的地方。”

“我知道。”埃莉诺厌倦地说。

“在夜里。”达德利太太说，完全绽开了笑颜。“在黑暗中。”她说，然后关门走开了。

埃莉诺几乎要吃吃地笑起来了，想象着自己大喊：“哦，达德利太太，我怕黑，救救我吧。”她打了个寒战。

2

她形单影只地站在行李箱旁，大衣仍然搭在手臂上，无助地默念：“恋人的相遇终结了行程。”她心中十分苦恼，暗自希望能够回家。在她身后是阴暗的楼梯、泛着光泽的走廊和高大的正门，达德利太太、在大门口发笑的达德利和挂锁，希尔斯戴尔和种满鲜花的农舍，餐厅里的一家人、夹竹桃花园和门前有石狮子的房子，在蒙塔古博士从不出错的眼皮底下，这些人和物把她一路带到了山屋的蓝房间里。这糟透了，她想——她不愿意移动半分，因为移动也许就意味着接受，是一种要住下的姿态——这糟透了，我不想待在这儿，但我又没有别处可去。蒙塔古博士的信带她来到这么远的地方，却没法带她走得更远了。过了一会儿，她叹了口气，摇摇头，走过去把行李箱放在床上。

我就在这里，在山屋的蓝房间里，她把心里的话说出了声，这一切已经足够真实了，尤其这个房间毫无疑问是蓝色的。窗户上挂着蓝色提花布窗帘，从窗户望出去能看到门廊的顶部和草坪，地板上是一块蓝色织花小地毯，床上有一条蓝色床单，床脚压着蓝色床罩。深色的木质墙围有肩膀那么高，再往上是蓝色花纹的墙纸，图案设计是缠绕成环状的小蓝花，十分精美。可能有人曾经指望用秀丽的墙纸来缓和一下蓝房间的气氛，却不明白这样一种希望将在山屋里消逝殆尽，只留下极其微小的痕迹，就好像远方传来的啜泣声的隐约回响……埃莉诺甩了甩头，转身仔细观察这个房间。它的设计是一个令人难以置信的败笔，在横向和纵向上都有可怕的偏差，一眼望去，一面墙多出来一段，另一面墙又短了一截，令人难以忍受。他们想让我在这种地方睡觉，埃莉诺简直无法相信，会有什么样的噩梦藏在高高的墙角，正在等着我啊，又会有怎样的愚蠢的恐惧气息飘进我的嘴里……她又一次甩甩头。真的，她告诉自己，真的，埃莉诺。

她在高脚床上打开行李箱，开始往外取东西。她脱掉呆板的都市鞋，感到一阵轻松，在她心底有一种完全是女性才有的信念，即抚慰苦恼心灵的最佳方法就是穿上舒服的鞋子。昨天在城里收拾行李的时候，她选了一些她认为适合在偏僻的乡间别墅里穿的衣服，甚至在最后一刻跑出去买了——为自己的大胆感到兴奋——两条休闲裤，她记不起有多少年没穿过这样的衣服了。母亲会怒不可遏，她一边想一边把休闲裤打包放在行李箱的底部，这样，假如她失去了穿它们的勇气，就不必把它们拿出来，永远都不必让任何人知道她有这些裤子。这会儿，在山屋里，它们看起来不是那么簇新了。她漫不经心地把东西取出来，把连衣裙歪挂在衣架上，把休闲裤胡乱扔进大理石面的梳妆台的底层抽屉里，把她的都市鞋扔进高而大的柜橱的一个角落。此时，她已经厌倦了带来的那些书，反正我很可能不会住多久的，她想着，关上空箱子，把它们放在柜橱角落里；要是我重新打包，连五分钟都不用。她发现她正在试着放下行李箱而不发出任何声音，又发现在取东西的过程中她只穿着袜子，尽可能轻声地走动，就好像在山屋里最重要的事就是保持安静；她想起达德利太太走路也不出声音。当她在房间正中站着不动时，山屋里具有压迫感的寂静又回到她四周。我就像一只被怪物囫囵活吞的小动物，她想，怪物能感觉到我在它体内的微小动作。“不。”她大声说，这个字在空气中回响着。她快步穿过房间，拉开蓝色提花布窗帘，但阳光只是从厚厚的窗玻璃淡淡地透进来，她只能看见门廊顶部和远处的一片草坪。在那下边的某个地方停着的她的小车，可以带她离开这儿。恋人的相遇终结了行程，她想，是我自己选择来到这儿的。接着她意识到，她不敢穿过房间往回走。

她背对窗户站着，从房门看向衣柜、梳妆台再到床，她告诉自己一点儿都不害怕。这时她听到楼下远处传来车门砰的关上的声音，然后是急促的脚步声，简直是跳跃着，一路上了台阶、穿过门廊，再然后，铁门环猛撞的声音从下面传来。哎呀，她想，有其他人来了；我不是一个人在这儿了。她几乎是大笑着跑过房间，跑到走廊上，从楼梯看向楼下大厅。

“谢天谢地，你来了，”她说，在一片昏暗中看过去，“谢天谢地，有人来了。”她讲话时就好像达德利太太听不到一样，尽管达德利太太脸色苍白在大厅里站得笔直，发现这一点的时候她也毫不意外。“上来吧。”埃莉诺说，“你得自己提行李箱。”她上气不接下气，却似乎没法停止讲话，她平日的羞怯似乎也消失在心安理得中。“我叫埃莉诺·万斯，”她说，“我非常高兴你来到这儿。”

“我是西奥多拉。只是西奥多拉，没别的。这该死的房子——”

“楼上也一样糟。快上来。让她把我隔壁的房间给你住。”

西奥多拉跟着达德利太太走上中央楼梯，看着楼梯平台上的彩色玻璃窗，壁龛里的大理石坛子和花纹地毯，她露出难以置信的表情。她的行李箱比埃莉诺的大得多，也豪华得多。埃莉诺走上前帮她，暗自庆幸她自己的东西已经被安全地收在了看不到的地方。“等你看到那些卧室再说吧。”埃莉诺说，“我想我那间原来是防腐室。”

“那是我一直梦想的住处，”西奥多拉说，“一个小小的躲藏之地，我可以在那儿独自思考。尤其是假如我的想法正好跟谋杀或自杀有关——”

“绿房间。”达德利太太冷冰冰地说。埃莉诺突然意识到，如此无礼地讨论这座房子多多少少会让达德利太太感到恼怒；可能她觉得房子能听到我们说话，埃莉诺想，随即就后悔产生了这个念头。她可能打了个寒战，因为西奥多拉笑着转过身，轻轻碰了碰她的肩膀，带着安慰的意味。她很迷人，完全不适合住在这个沉闷阴暗的地方，埃莉诺这样想着给了她一个微笑，不过，我大概也不适合住在这儿；我不适合住在山屋，可谁又适合住在山屋呢？她看到西奥多拉站在绿房间门口时露出的表情，笑了起来。

“我的天哪，”西奥多拉说，瞥了一眼埃莉诺，“多么完美迷人。一间不折不扣的女士卧室。”

“六点整我在餐厅的餐边柜上摆好晚餐，”达德利太太说，“你可以自己用餐。我会在早上收拾干净。早餐会在九点为你准备好。这就是我认可的方式。”

“你被吓坏了。”西奥多拉望着埃莉诺说。

“我没法把房间收拾成你喜欢的样子，但你也找不到其他人来帮我。我不伺候别人。我答应做这些事，并不意味着我伺候别人。”

“那只是因为我以为只有我一个人住在这儿。”埃莉诺说。

“六点以后我就不待在这儿了。天开始变黑之前就不在了。”

“现在我来了，”西奥多拉说，“所以没事的。”

“我们的浴室是相通的，”埃莉诺突兀地说，“房间一模一样。”

绿色提花布窗帘挂在西奥多拉房间的窗子上，绿色花环图案装饰的墙纸，绿色床单和床罩，大理石台面的梳妆台和巨大的衣柜与埃莉诺房间的都一模一样。“我一生中从来没见过这么可怕的地方。”埃莉诺抬高了声音说。

“就像最棒的酒店，”西奥多拉说，“或是女童军露营地。”

“我在天黑之前离开。”达德利太太接着说。

“没人能听见你在夜里尖叫。”埃莉诺告诉西奥多拉。她意识到她正紧紧攥着门把手，在西奥多拉探询的目光下，她松开手，镇定地穿过房间。“我们得想法打开这些窗户。”她说。

“所以就算你需要帮助，这附近也没有任何人。”达德利太太说，“我们连听都听不见你的声音，在夜里，没人能听见。”

“你现在没事了？”西奥多拉问她，埃莉诺点点头。

“没人住得离这儿比镇上还近。没人会来到比它更近的地方。”

“你很可能只是饿了，”西奥多拉说，“我自己就饿坏了。”她把行李箱放在床上，匆忙脱掉鞋子。“没有任何事，”她说，“比挨饿更让我心烦了；我会咆哮着发火，还会放声大哭。”她从行李箱里拎出一条柔软的定制休闲裤。

“在夜里。”达德利太太说，她微微一笑。“在黑暗中。”

她说，然后关门走开了。

片刻之后，埃莉诺说："她走路也不出一点声音。"

"令人愉快的老家伙。"西奥多拉转过身注视她的房间，"我收回最棒的酒店那句话，"她说，"这有点儿像我待过一阵子的寄宿学校。"

"来看看我的。"埃莉诺说。她打开浴室门，领路到她的蓝房间，"你来的时候我已经把东西都拿出来了，正想着再把它们装回去。"

"可怜的宝贝。你肯定是饿坏了。在外边第一眼看到这地方，我就只想着要是能站在那儿看着它烧毁，会有多好玩儿。也许在我们离开之前……"

"实在是太可怕了，一个人待在这儿。"

"你应该看看我假期里待过的寄宿学校。"西奥多拉走回自己的房间，由于两个房间里都有了动静，埃莉诺感到愉悦多了。她把衣柜里架子上的衣服挂正，把书整齐地摆在床头柜上。"你知道，"西奥多拉从隔壁房间喊道，"这感觉有点儿像开学第一天，所有东西都难看又陌生，你谁都不认识，而且担心所有人都会笑话你的穿着。"

埃莉诺已经打开梳妆台的抽屉去拿休闲裤，她停下手笑了起来，把休闲裤扔到床上。

"我理解得对吗？"西奥多拉接着说，"就算我们在夜里尖叫，达德利太太也不会来？"

“这没有得到她的认可。你在大门那里遇到那位亲切的老家仆了吗？”

“我们进行了一场愉快的交谈。他说我不能进去，我说我能，我试着用车把他轧倒，他跳开了。唉，你觉得我们必须得坐在自己房间里等吗？我想换上舒服点儿的衣服——除非我们穿礼服去吃晚餐，你觉得呢？”

“如果你不穿，那我也不穿。”

“如果你不穿，那我也不穿。他们没法跟我们两个作对。不管怎样，让我们出去探险吧，我太想让这屋顶别再罩在我的头顶上了。”

“这儿天黑得这么早，在群山里，又有这么多树……”埃莉诺又走向窗边，仍有阳光斜照在草坪上。

“离真正天黑还有差不多一小时呢。我想到外边去，在草地上打个滚。”

埃莉诺选了一件红毛衣，她感到在这座房子、这个房间里，毛衣的红色跟买来配它的便鞋的红色简直是注定要起冲突，尽管昨天在城里它们的颜色还显得非常相近。反正这符合我的需要，她想，我正想要穿这样的衣服，以前我从来没穿过。可她看起来异乎寻常地满意，她站在衣柜门上的穿衣镜前，觉得自己几乎说得上是轻松自在的。“你知不知道还有谁要来？”她问，“或几时会来？”

“蒙塔古博士，”西奥多拉说，“我以为他会比任何人都更早到这儿。”

“你认识蒙塔古博士很长时间了吗？”

“从没见过他，”西奥多拉说，“你呢？”

“从没。你快准备好了吗？”

“全好了。”西奥多拉从浴室门走进埃莉诺的房间。她很好看，埃莉诺边转过身看她边想，真希望我也这么好看。西奥多拉穿着一件鲜艳的黄色衬衣，埃莉诺笑着说：“你给这房间带来的光亮比窗户还多。”

西奥多拉走过来，满意地注视着在埃莉诺房间镜子里的自己。“我感觉，”她说，“在这沉闷的地方，我们有责任让自己看上去尽可能的明亮。我喜欢你的红毛衣，这下从山屋的一头到另一头都能看到我们两个了。”她仍然照着镜子：“我猜蒙塔古博士给你写信了？”

“对。”埃莉诺有点儿窘迫，“一开始，我不知道这是不是个玩笑，但我姐夫调查了他的事。”

“你知道，”西奥多拉说得很慢，“直到最后一刻——我猜是在我到大门前的时候——我从没真的相信这儿会有一座山屋。你不能怀着这样的期待，大老远跑到这儿来。”

“但我们有些人抱着希望而来。”埃莉诺说。

西奥多拉笑了起来，在镜子前转过身，抓住埃莉诺的手。“森林里的小伙伴，”她说，“让我们去探险。”

“我们不能离开房子太远——”

“我保证不比你说的多走一步。你觉得我们进来或出去需要告诉达德利太太吗？”

“反正她很可能在观察我们的每个动作，这很可能是她答应做的事情的一部分。”

“我想知道她答应了谁？德古拉伯爵[1]？”

“你觉得他住在山屋里？”

“我觉得他老在这儿度周末，我发誓我看见楼下的木雕上有蝙蝠。跟上，跟上。”

她们跑下楼去，带着色彩和勃勃生机，与阴暗的木雕和楼梯上带着暗影的微光形成鲜明对比，她们发出噔噔的脚步声。达德利太太站在楼下，默默地看着她们。

“我们去探险，达德利太太。”西奥多拉轻快地说，“我们要去外边某个地方。”

“但我们会很快回来。”埃莉诺补上一句。

“六点我在餐边柜上摆好晚餐。”达德利太太对她们说。

埃莉诺用力拉开高大的正门，它跟看上去一样沉重。我们再进来的时候真得找个更轻松的办法，她想。“得让它开着，”她扭头对西奥多拉说，“它沉得吓人。从那些大花瓶里找一个撑着它。”

---

〔1〕 Dracula，著名的吸血鬼，出自布拉姆·斯托克撰写的小说《德古拉伯爵》。

西奥多拉从大厅角落把一个大石头花瓶滚动过来，她们让它立在门口，把门顶住。在经历了房子的阴暗之后，连外边正在消逝的阳光都显得十分明亮，空气新鲜甜美。在她们身后，达德利太太又移动了花瓶，大门砰的关上了。

“讨人喜欢的老东西。”西奥多拉冲着关闭的大门说道，在那一刻她的脸因为愤怒而拉长了。我希望她永远不会用那种表情面对我，埃莉诺想，接着她惊讶地记起她一直很怕生，笨拙而羞怯，但她还不到半小时就已经把西奥多拉看作亲近而重要的人了，如果她生起气来会让她害怕的。“我想，”埃莉诺迟疑地说，随即又放松下来，因为当她讲话时，西奥多拉转过身再次微笑起来，“我想白天达德利太太在这儿的时候，我应该给自己找点儿有趣的事情做，离房子远远的。也许去整一整网球场，或是照料一下温室里的葡萄。”

“也许你能帮达德利看大门。”

“或是在荨麻地里找找无名坟墓。”

她们正站在游廊的围栏边，从那里她们能俯视车道，直到它再次拐进树林。越过群山的柔和曲线，能远远看到一条细长的直线，可能是公路干线，通向她们的出发地。除了从树林中的某一处引向房子的电线，没有其他迹象显示出山屋以任何形式和这个世界连在一起。埃莉诺转身沿着游廊走去，很显然，游廊绕房子一周。“噢，看。”她转过转角时说。

房子背面，是给人巨大压迫感的重峦叠嶂，这时它们被夏日的绿色覆盖着，郁郁葱葱，静立不动。

“这就是为什么他们叫它山屋。”埃莉诺底气不足地说。

“这是彻头彻尾的维多利亚风格，”西奥多拉说，“他们对这种波涛般汹涌的东西简直是着了迷，把自己埋在层层叠叠的天鹅绒、流苏和紫色长毛绒里。任何早于或晚于他们那个时代的人都会把这房子建在那边的群山顶上，它就该在那儿，而不是让它蜷缩在这底下。”

“如果它在山顶上，所有人都能看到它。我赞成把它藏在这儿。”

“在这儿的全部时间里我都会提心吊胆，”西奥多拉说，“担心群山里有一座会倒在我们身上。”

“它们不会倒在你身上。它们只会塌陷，悄悄地，不知不觉地，在你试图逃跑的时候翻滚到你身上。”

“多谢。”西奥多拉小声说，“你漂亮地完成了由达德利太太起头的事。我应该马上打包回家。”

有那么一瞬间埃莉诺相信了她，她转过身注视西奥多拉，看到的是她脸上的戏谑之色，埃莉诺心想，她比我勇敢得多。出乎意料地，西奥多拉捕捉到了埃莉诺的念头，并回应了她。——后来，这成了一种很常见的情况，这是西奥多拉身上的一种特质，埃莉诺能分辨得出来，在她心目中，这种特质就代表着“西奥多拉”。“别总是这么担心，”她伸出一根手指碰了碰埃莉诺的面颊，“我们并不知道我们的勇气从何而来。”接着，她飞快地跑下台阶，跑到高大的树林间的草地上。“快点儿，”她回头喊，“我要看看附近是不是有一条小溪。”

“我们不能走得太远。”埃莉诺跟上她。她们就像两个孩子一样跑过草地，对突然出现的开阔空间表示欢迎，尽管她们在山屋里只待了很短的时间，在走过坚固的地板之后，她们感到脚下的草地十分宜人；凭借近乎动物的本能，她们跟随着水的声音和气味。“在这边，”西奥多拉说，“一条小径。”

小径诱惑着她们，把她们带到离水声更近的地方，让她们在树林里来回穿梭，时不时地瞥见山下的车道，引着她们穿过一片有很多岩石的草地，绕到看不到山屋的地方，一路都是下坡。她们远离山屋，出了树林，走到阳光还照得到的地方，埃莉诺觉得自在多了，尽管她能看见太阳正令人不安地下落，离重重群山又近了一些。她呼唤着西奥多拉，但西奥多拉只是冲她喊，“跟上，跟上”，然后跑下小径。她突然停住了，那条小溪毫无预警地跃到她的面前，她在溪边站立不稳地喘息着；埃莉诺从她身后用慢一些的速度跑过来，抓住她的手拉住她，她们大笑着一起倒在溪边的陡坡上。

“在这一带，它们喜欢吓你一跳。”西奥多拉气喘吁吁地说。

“跑得那么快，”埃莉诺说，“就算你一头扎下去也是自找的。”

“这很美，不是吗？”溪水流速很快，闪闪地泛起涟漪；对岸铺满青草，黄色和蓝色的小花倾着身子俯向水面。另一边有个形状圆润柔和的小山坡，也许远处有更大片的草地；在远方，那些大山仍然沐浴着阳光。“这很美。”西奥多拉下了结论。

“我敢肯定我以前来过这儿，”埃莉诺说，“可能在一本童话书里。”

“我对此确信无疑。你能跳过岩石吗？”

“这儿就是公主遇到魔法金鱼的地方，金鱼实际上是一位王子变的——”

“你的金鱼可没法汲多少水，它肯定不到三英寸深。”

“这儿有垫脚石能过河，有小鱼在游，好小的鱼——鲦鱼？”

“王子变的，它们全都是。”西奥多拉在阳光下伸着懒腰，打了个哈欠。“蝌蚪？”她提出不同看法。

“鲦鱼。现在过了蝌蚪的季节了，傻瓜，但我打赌我们能找到一些青蛙卵。我以前用手抓住过鲦鱼，又放它们走了。”

“你能当个多好的农妇啊。”

“这是个野餐的好去处，午餐就摆在溪边，还有煮鸡蛋。”

西奥多拉笑了：“鸡肉沙拉和巧克力蛋糕。”

“膳魔师瓶子里的柠檬水，洒出来的盐。”

西奥多拉非常舒服地翻了个身：“人们总说起蚂蚁，他们是错的。从来都没有蚂蚁，也许奶牛是有的，在野餐的时候我从没真的见过一只蚂蚁。”

“是不是总有人提到田野里的一头公牛？是不是总有人说，‘我们没法走过那片田野，那里有公牛’？”

西奥多拉睁开一只眼睛：“你是不是有一个滑稽的叔叔？不管他说什么大家总是笑？他过去经常告诉你别怕公牛——如果公牛紧跟着你，你只需要抓住它的鼻环，把公牛甩到你头顶上。”

埃莉诺把一块鹅卵石投进小溪，清楚地看着它沉到溪底。“你有很多叔叔吗？”

“上千个。你呢？”

片刻之后，埃莉诺说：“噢，对的。高的矮的，胖的瘦的——”

“你有一位埃德娜婶婶吗？”

“穆里尔婶婶。”

“有点儿瘦？戴无框眼镜？”

“石榴石胸针。”埃莉诺说。

“她是不是穿一件深红色的礼服出席家族聚会？”

“蕾丝袖口——”

“那我想我们一定真是亲戚，”西奥多拉说，“你以前是不是戴牙套？”

“不。以前我有雀斑。”

“我上私立学校，在那儿他们让我学怎么行屈膝礼。”

“我总是整个冬天都感冒。我母亲让我穿着羊毛长袜。”

“我母亲让哥哥带我去舞会，而我总是发疯一样地行屈膝礼。我哥哥现在还恨着我。”

“在毕业列队的时候我摔倒了。”

“在表演轻歌剧的时候我忘词了。”

“我过去经常写诗。”

“好，”西奥多拉说，“我肯定我们是表姐妹了。”

她笑着坐起来，接着埃莉诺说：“安静点，那边有什么东西在动。”一动不动，肩抵着肩，她们盯着小溪对面山坡上草丛里动的地方，望着某个看不见的东西在阳光灿烂的青山上缓慢地移动，使阳光和跳跃的小溪都冷却了下来。“那是什么？”埃莉诺脱口而出，西奥多拉把一只有力的手放在她的手腕上。

“它已经走了。”西奥多拉清晰地说，太阳回来了，又暖和起来。“那是只兔子。”西奥多拉说。

“我看不到它。”埃莉诺说。

“你一说我就看见它了，”西奥多拉坚定地说，“那是只兔子，它翻过山坡，到看不见的地方去了。”

“我们出来太久了。”埃莉诺说着，不安地抬头看落到山顶的太阳。她迅速站起来，发现由于跪在潮湿的草地上，她的腿僵住了。

“谁能想到像我们这么厉害的野餐老手，”西奥多拉说，“竟然害怕一只兔子。”

埃莉诺俯下身，伸手帮她站起来。“我们真的最好赶快回去了。”埃莉诺说，她也不懂自己那强烈的焦虑从何而来，又补充说：“其他人可能已经在那儿了。”

“我们要尽快回到这儿野餐一顿，”西奥多拉小心地沿着小径向上走，这回是平稳的上坡路，“我们真得在溪边来一场很棒的旧式野餐。”

“我们可以让达德利太太煮一些鸡蛋。”埃莉诺在小径上停住了，没有转过身来。“西奥多拉，”她说，“我觉得我不行，我不认为我真的能行。”

“埃莉诺，”西奥多拉用一只胳膊搂住她的肩膀，“既然我们已经弄清我们是表姐妹了，现在你还会让他们把我们分开吗？”

第三章

1

太阳平稳顺畅地落到山后，它下落时几乎带着急切之意，滑入了连绵群山。在埃莉诺和西奥多拉踏上小径，走向山屋侧面的游廊时，草地上已经有了长长的阴影，幸运的是山屋的疯狂面目也渐渐隐藏在逐步扩大的黑暗中。

“有人在那儿等。”埃莉诺说着加快了步伐，接着她就初次见到了卢克。恋人的相遇终结了行程，她这样想着，可她说话时却底气不足：“你是在找我们吗？”

他已经走到游廊的栏杆前，在薄暮中向下望着她们，他马上鞠了一躬，伴着一个热烈欢迎的手势。“‘倘若这些都是死者，’”他说，“‘那我一定已经死去。’女士们，如果你们就是山屋的幽灵居民，那我会永远待在这里。”

他真是有点儿蠢，埃莉诺苛刻地想。西奥多拉说：“抱歉，我们没在这儿迎接你，我们探险去了。”

“谢谢你，一个不友好的老太婆摆出一张凝乳状的脸迎接了我，”他说，“‘你好，’她跟我说，‘我希望明早我回来的时候你还活着，你的晚餐在餐边柜上。’说着，她坐上一辆新型敞篷车，和一级谋杀犯、二级谋杀犯一起离开了。”

“是达德利太太，”西奥多拉说，“一级谋杀犯一定是看门人达德利，我猜另外一个是德古拉伯爵，真是让人心情舒畅的一家人。”

“既然我们正在列出场人物表，”他说，“我名叫卢克·桑德森。”

埃莉诺震惊之下，脱口而出：“那么你是这个家族的一员？山屋的拥有者？你不是蒙塔古博士的客人之一？”

“我是这个家族的一员，有朝一日这座宏伟的建筑将会属于我；不过在那之前，我在这儿只是蒙塔古博士的客人之一。”

西奥多拉咯咯笑着，“我们，”她说，“是埃莉诺和西奥多拉，是两个正计划在山坡下的溪边野餐，却被一只兔子吓回了家的小女孩。”

“我也怕兔子怕得要命，”卢克礼貌地表示赞同，“我能一起去吗？如果我负责提野餐篮子的话。”

“你可以带上你的尤克里里，在我们吃鸡肉三明治的时候随手弹一弹。蒙塔古博士在这儿吗？”

“他在里边，”卢克说，“在为他的鬼屋欣喜若狂。”

他们沉默了片刻，想要彼此靠得更近一点，西奥多拉细声说："现在天开始黑下来了，这话听上去就不那么有趣了，不是吗？"

"女士们，欢迎光临。"高大的正门开了，"请进来。我是蒙塔古博士。"

2

这是第一次，他们四个人一起站在山屋宽阔而阴暗的前厅里。房子围在他们四周，让他们镇定下来，给他们划定了位置；群山在他们头顶上入睡，心怀戒备。气流、声音和动作产生的小小旋涡转动着，等待着，低声响着，不知何故，意识的中心总是他们站立的小空间，他们是四个独立的个体，正信赖地看着彼此。

"我很高兴大家都平安到达了，而且很准时。"蒙塔古博士说，"欢迎，诸位，欢迎来到山屋——不过也许这句欢迎词应该由你来说才更为恰当，我的孩子？无论如何，欢迎，欢迎。卢克，我的孩子，你能调一杯马提尼吗？"

3

蒙塔古博士拿起玻璃杯，满怀希望地抿了一口，随即叹了口气。"还行，"他说，"只是还行，我的孩子。不过还是举杯吧，祝我们在山屋取得成功。"

“在这类事务里，怎样才能确切地认定成功与否呢？”卢克好奇地询问。

博士笑了。“这么说吧，”他说，“我希望我们在此小住期间，都能有一段激动人心的经历，我的书将使同事们感到震惊，让他们服输。我不能把你们在此小住称作度假，尽管看起来似乎是这样，因为我对你们的工作抱有很大希望。——不过当然，所谓工作，主要取决于要做的是什么，不是吗？笔记，”他欣慰地说，仿佛在迷雾笼罩的世界中凝视着一个不可动摇的坚实固体，“笔记。我们要记笔记——对有些人来说，算是个尚可忍受的任务。”

“只要没人开烈酒和幽灵的双关玩笑[1]。”西奥多拉说着，把她的杯子伸向卢克，等他斟酒。

“幽灵？”博士注视着她，“烈酒？对，确实。当然，我们没人会……”他皱起眉头迟疑了一下，“当然不会。”他说，随即有点儿烦躁地快速啜饮了三口鸡尾酒。

“这一切都是如此怪异。”埃莉诺说，“我是说，今天早上我还在琢磨山屋会是什么样子，而现在，我简直不敢相信这是真的，我们已经在这儿了。”

他带着他们，沿着一条狭窄的过道往前走，一开始有点儿笨拙，接着就找对了路。他们坐在由博士选定的一个

〔1〕“Spirits”既有幽灵的意思，也有烈酒的意思。

小房间里。这不是个温馨的房间，天花板高得令人不舒服，有一个镶着瓷砖的窄小壁炉，尽管卢克立刻生起了火，还是让人觉得寒冷。椅子是圆形的，坐上去容易往下滑，台灯的光线透过彩色串珠，把阴影投向各个角落。这个房间给人一种极其强烈的华而不实的感觉，他们脚下的地毯色彩鲜艳，带着暗淡的卷曲花纹，墙上贴着镀了金的壁纸，一个大理石制作的丘比特雕像在壁炉台上冲着他们憨笑。在他们陷入沉默的片刻，房子无声的重量从四面八方压下来。埃莉诺想知道她是真的在这儿，还是在某个遥远得难以置信的安全地点幻想着这座山屋。她缓慢而仔细地环视房间，告诉自己这是真的，从壁炉四周的瓷砖到大理石丘比特，这些事物是真实存在的；而这些人将会成为她的朋友。博士体形浑圆，面色红润，蓄着胡子，看上去他好像更适合坐在一间舒适的小客厅的壁炉前，膝上趴着一只猫咪，有位面色红润的娇小妻子为他端来果冻、司康饼。然而，无可置疑的，他就是指引埃莉诺来到这儿的蒙塔古博士，一个博学又固执的小个子男人。隔着炉火坐在博士对面的是西奥多拉，她准确无误地走向可能是坐上去最舒服的那把椅子，让自己蜷缩进去，把双腿悬在扶手上，头靠上椅背。她就像一只猫，埃莉诺想，而且是一只正等着用晚餐的猫。卢克一刻都静不下来，在阴影之间走来走去，斟满玻璃杯，拨一拨火，摸一摸大理石丘比特，他在火光下显得很有活力，又焦躁不安。他们都沉默地盯着炉火，在长途跋涉之后显得懒洋洋的。埃莉诺想，我是这房间里的第四个人，我是他们的一分子，我属于这儿。

“既然我们都在这儿了，”卢克突然说，仿佛谈话一直都没停顿过，“我们不该互相了解一下吗？到现在为止我们只知道彼此的名字。我知道这位是埃莉诺，在这边，穿着红毛衣，因此那一定是西奥多拉，穿着黄色——”

“蒙塔古博士留着胡子，”西奥多拉说，“所以你一定是卢克。”

“你是西奥多拉，”埃莉诺说，“因为我是埃莉诺。”一个属于这儿的埃莉诺，她得意地告诉自己，一个可以自如地与人交谈，和朋友们坐在炉火边的埃莉诺。

“所以你穿着红毛衣。”西奥多拉说给她听，头脑很清醒。

“我没有胡子，”卢克说，“所以他一定是蒙塔古博士。”

“我有胡子，”蒙塔古博士扬扬自得地说，愉悦地环视他们。“我妻子，”他告诉他们，“喜欢男人留胡子。相反，有很多女人反感胡子。一个下巴光溜溜的男人——原谅我这么说，我的孩子——看上去总像是穿戴得不够整齐，我妻子这么跟我说。”他向卢克举杯。

“既然现在我知道了我们中间哪个人是卢克，”卢克说，“让我进一步确认我自己的身份。在私生活里我是——假设这儿是社会生活，而除此以外的部分实际上是属于私人的——让我想想，一个斗牛士。对。一个斗牛士。”

“我爱的人有个字母‘B’，”埃莉诺不由自主地说，“因为他有胡子。”

“说得很对。”卢克冲她点点头，“这让我成了蒙塔古博士。我住在曼谷，而我的爱好是让女人烦恼。”

“根本不是，”蒙塔古博士抗议说，他被逗乐了，“我住在贝尔蒙特。”

西奥多拉笑了起来，给了卢克会心的匆匆一瞥，和先前她给埃莉诺的一样。埃莉诺冷眼旁观，自嘲地想，像西奥多拉这样立刻就合得来又特别敏锐的人，长时间待在她身边，说不定有时候也会感到压抑的。“我的职业是为艺术家当模特，”埃莉诺赶快说，以平息自己的思绪，“我过着一种疯狂、恣意的生活，裹着大披肩，从一个阁楼到另一个阁楼。”

“你是不是无情又荒唐？”卢克问，“或者你是个会与领主之子坠入爱河的脆弱的人，为他憔悴消瘦？”

“失去了你全部的美貌，咳个不停？”西奥多拉加了一句。

“我倒觉得我有颗金子般的心，”埃莉诺若有所思地说，“不管怎样，我的风流韵事是大家茶余饭后的谈资。”天哪，她想。天哪。

“唉，”西奥多拉说，“我是一个领主的女儿。通常我身着丝绸、蕾丝和金线织物，但我借用了女仆的服装出现在你们中间。我很有可能会过于沉迷于普通人的生活，而不再回去，那可怜的姑娘不得不给自己弄一套新衣服。你呢，蒙塔古博士？”

他在火光中微笑着：“一个朝圣者，一个流浪的人。”

“真是一个意气相投的小团体，”卢克赞许地说，“我们注定要成为形影不离的朋友，确切地说。一位交际花，一位朝圣者，一位公主和一位斗牛士。山屋肯定从没见过像我们这样的人。”

“我要把这份荣誉给山屋，”西奥多拉说，“我从没见过像它这样的房子。”她端着杯子，起身走去仔细观察一大盆玻璃花。“你们觉得，他们是怎么称呼这房间的？”

“会客室，也许，”蒙塔古博士说，“也许是一间女士的私人会客室。我想我们在这儿会比在其他房间里更舒服一点。实际上，我们应该把这个房间当作行动中心，类似公共休息室；它可能不那么令人愉快——”

“它当然令人愉快，”西奥多拉坚定地说，“没什么能比绛紫色沙发座套和橡木镶板更让人高兴了，还有在那边角落的是什么东西？一顶轿子吗？”

“明天你会见到其他房间的。”博士对她说。

“如果我们要把这里当作娱乐室，”卢克说，“我提议搬进一些用来坐的东西。我没法在这儿的任何东西上久坐，我总是滑下来。”他偷偷跟埃莉诺说。

“明天，”博士说，“实际上，明天我们要探索整个房子，布置一些可以让我们愉快起来的东西。不过眼下，如果你们都喝完了，我建议我们去查看一下达德利太太做了什么晚餐。”

西奥多拉立刻动身，然后又困惑地停下来。“得有人带我去，”她说，“我不可能找到餐厅在哪儿。”她指了指，“那扇门通向长过道，然后进入前厅。”

博士轻声一笑。“错了，亲爱的。那扇门通向温室。”他站起来带路，“我研究了房子的示意图。”他沾沾自喜地说。“我们只需要走过这道门，沿着过道进入前厅，穿过前厅和台球室就能走到餐厅。不难，”他说，“一旦你付诸实践。”

“为什么他们把自己弄得一团乱？”西奥多拉问，“为什么有这么多奇怪的小房间？”

“也许他们想要躲开彼此。”卢克说。

“我不懂他们为什么要让所有东西都这么阴暗。”西奥多拉说。她和埃莉诺跟着蒙塔古博士走进过道，卢克磨磨蹭蹭地走在后边，以便打开一张窄桌子的抽屉看看，他还非常惊奇地看到，阴暗过道的镶板顶部装饰着带丘比特头像的短帷幔和缎带束。

“这些房间有一些是纯粹的里间，”博士在他们前方说，“没有窗户，完全不和室外相通。不过，在这个时期的房子里，有一系列封闭式的房间并不那么令人惊讶，尤其是当你想到他们的窗户内侧重重覆盖着窗帘和帷幔，外侧则是灌木丛。啊。”他打开过道门，带他们进入前厅。“现在，”他仔细打量对面的门，有两扇较小的门位于高大的双扇正门两侧；“好吧，”他说，然后选择了最近的一扇。“这房子确实有小小的古怪之处，”他接着说，扶着门让他们通过，进入另一边的阴暗房间。“卢克，过来扶着它，让我来找找餐厅。”他慎重地穿过阴暗的房间，打开一扇门，他们就跟着他走进迄今为止见到的最令人开心的房间，更让人心花怒放的莫过于明亮的灯光和喷香的食物。“我要祝贺自己，”他高兴地搓着手说，“我把你们从山屋这片未经开拓的荒芜之地带到了文明社会。”

“我们应该养成让所有门都大开着的习惯，”西奥多拉紧张地回头看了看，“我讨厌在黑暗里徘徊。”

“那你得用什么东西撑着它们，”埃莉诺说，“一旦你松开手，这房子里的每扇门都会自动关上。”

“明天吧，”蒙塔古博士说，“我会记下来，门挡。”他开心地向餐边柜走去，达德利太太在那里摆了一个保温箱，还有引人注目的一大排菜肴，盛菜的盘子上都加了盖。桌子上摆了四人份餐具，还特别慷慨地陈列着蜡烛、织锦和沉重的银器。

“毫不吝惜，我看出来了。”卢克说着拿起一把餐叉，他的姿态简直证实了他姑妈往最坏方向的猜疑，“我们给客人用银器。”

“我想达德利太太以这房子为荣。”埃莉诺说。

“无论如何，她并不想提供给我们一桌寒酸的餐食。”博士说着向保温箱里边望去，“我想这是一个极佳的安排，让达德利太太在天黑前远远地离开这儿，好让我们在享用晚餐时没她陪伴在侧，不令人生厌。”

“也许，”卢克望着他盛得满满的盘子说，“也许我对好心的达德利太太——为什么我必须不情愿地把她看作好心的达德利太太？——也许我真的冤枉她了。她说她希望到了早上我还活着，还把我们的晚餐放在保温箱里，现在我怀疑她想让我死于暴饮暴食。”

“是什么让她留在这儿的？”埃莉诺问蒙塔古博士，“为什么她和她的丈夫孤单地留在这座房子里？”

“据我所知，达德利一家从很久以前就在照管山屋了，显然桑德森家族很乐意让他们继续下去。但明天——”

西奥多拉咯咯笑了：“达德利太太很可能是山屋真正的所有者家族的唯一幸存者。我想她只是在等待桑德森家的所有继承人——就是你，卢克——以各种可怕的方式死掉，她就能得到这房子和埋在地窖里的珠宝。她和达德利也可能把他们的金子储藏在密室里，或者房子地下有石油。”

“山屋里没有密室，”博士斩钉截铁地说，“当然，之前也有人提出过那种可能性，我可以肯定地说，这里没有那样罗曼蒂克的装置。但明天——”

“不管怎样，石油是绝对过时了，对如今的房地产来说算不上什么，”卢克告诉西奥多拉，“达德利太太为了铀矿而蓄意谋杀我的可能性是最小的。”

“或是仅仅为了谋杀的纯粹乐趣。”西奥多拉说。

“对，”埃莉诺说，“但为什么让我们来这儿？”

其他三个人看了她好一会儿，西奥多拉和卢克带着好奇，博士则是严肃的。西奥多拉说：“这正是我要问的。我们为什么会在这儿？山屋有什么问题？将会发生什么？”

“明天——”

“不，”西奥多拉几近任性地说，“我们是三个有头脑的成年人。我们长途跋涉到山屋来见你，蒙塔古博士，埃莉诺想知道缘由，我也想。”

“我也是。”卢克说。

“你为何把我们带到这里，博士？你自己又为何在这里？你是怎么听说山屋的？它为何有了这样的名声？这里正在发生些什么？将会发生什么？”

博士不快地皱起了眉头。“我不知道。”他说。等到西奥多拉匆匆比画了一个恼怒的手势，他接着说：“我对这房子的了解只比你多一点点，当然我有意告诉你们我所了解的全部；至于接下来会发生什么，我知道的时候你们也会知道。但我想，明天来讨论它就算快的了，白天——”

“对我来说可不够快。”西奥多拉说。

“我向你保证，”博士说，“今晚山屋会很安静。这些事情有种模式，就好像超自然现象遵循着一种非常特别的规律。”

“我真觉得今晚我们应该好好谈谈。”卢克说。

“我们不害怕。”埃莉诺加了一句。

博士又叹了口气。“假如，”他缓慢地说，“你们听了山屋的故事，决定不要留在这儿。那今晚你们怎么离开？”他又一次快速地环视他们。“大门锁上了。山屋有个名声就是非常好客，它似乎不喜欢让客人们离开。最后一个试着在夜里离开山屋的人——是在十八年前，我向你们保证——在车道转弯处被杀了，他的马受惊了，把他撞到大树上。假如我给你们讲了山屋的故事，而你们中的一个想要离开，结果会怎样？明天，我们至少能确保你平安到达村子。”

“但我们不会逃跑，”西奥多拉说，“我不会，埃莉诺不会，卢克也不会。”

“屹立在壁垒之上，决不妥协。”卢克附和。

“你们是一群暴动的助手。那么，在晚餐后吧。我们将回到小会客室去喝咖啡，再喝一点儿卢克带来的上等白兰地，我将告诉你们我所知的一切。不过现在，让我们来谈论音乐或绘画吧，甚至政治也行。”

4

“我还没有想好，”博士转动着杯子里的白兰地说，“怎样才能让你们三个为山屋做好准备。很显然我不能写信告诉你们这些，而现在我最不希望的是在你们有机会亲眼看到之前，就用山屋的整段历史对你们的头脑施加影响。”他们回到小会客室，暖暖和和，带着点儿睡意。西奥多拉已经放弃尝试坐在椅子上，而是坐在炉边地毯上，盘着腿昏昏欲睡。埃莉诺很想坐到地毯上她的旁边去，但她之前没有及时想到这点，不幸坐在了其中一张滑溜溜的椅子上，眼下她也不想走过去笨拙地坐到地上，引起大家的注意。缺乏真实感和局促不安的淡淡气氛，已经被达德利太太的佳肴和一个小时的轻声交谈所驱散；他们已经开始了解彼此，识别出各自的嗓音、习惯动作、表情和笑声。埃莉诺带着少许惊讶和意外想道，她来到山屋才四五个小时，随即对着炉火露出一丝笑容。她能感觉到玻璃杯的细长握柄在她指间的触感，椅背顶着她背部的坚硬的压迫感，房间里微弱的空气流动令流苏和串珠微微拂动，几不可察。角落处一片黑暗，大理石丘比特微笑俯视他们，充满幽默感。

“真是个讲鬼故事的好时候。”西奥多拉说。

“请原谅。”博士有点儿生硬地说，“我们不是想要互相吓唬的小孩子。”

“抱歉，”西奥多拉抬头冲他一笑，“我只是想让自己习惯这一切。”

“让我们，”博士说，“在用词上慎之又慎。这些先入为主的观念，有关鬼魂和灵异现象——”

“汤里的无形之手。”卢克帮腔说。

“我的孩子。请原谅。我正试着解释我们来这儿的目的，因为它具有科学研究和探索的性质，不应被似曾相识的鬼故事影响和歪曲，这些鬼故事更应该属于——让我想想——烤棉花糖晚会。”对这个笑话颇为自得，他环顾四周，确保他们都被逗乐了，“实际上，我在过去几年里的研究形成了某些有关灵异现象的理论，而现在，我第一次有机会验证它们。当然，在最理想的状态下，你们不该知道关于山屋的任何事情。你们应当不知情，却善于接受。”

“还有记笔记。”西奥多拉低声说。

“笔记。对，确实。笔记。然而，我发现，让你们对背景信息一无所知是完全不现实的，这主要是因为你们不习惯毫无准备地面对某种事态。”他会意地对他们一笑，“你们是三个被宠坏的任性孩子，准备好了要催我给你们讲睡前故事。”西奥多拉咯咯笑了，博士愉快地对她点了点头。他起身走到炉火旁，用一种明显是教学的姿态站在那儿，他好像觉得身后少了一块黑板，因为有那么一两次他半转过身，举起手，仿佛在找粉笔来阐明一个观点。“现在，”

他说，“我们要开始学习山屋的历史。”我要是有笔记本和笔就好了，埃莉诺想，只是为了让他感到自如。她瞥了一眼西奥多拉和卢克，发现他俩脸上本能地出现了一种全神贯注的课堂表情，极其认真，她想，我们已经进入了冒险的下一个阶段。

“你们一定记得，”博士开始说，“《利未记》[1]中记述的‘患了麻风’、外观有缺陷的房子，或是荷马描述地狱的‘冥界之屋’；我想不用提醒你们，关于某些不干净或禁止人们进入——也可能是神圣的——房子的观念就像人类的思想一样久远。当然，有些地方难免会与一种神圣和美德的氛围联系在一起。要说有些房子天生恶劣，也不算太过异想天开。不管出于什么原因，在二十多年时间里山屋一直不适宜人类居住。之前山屋是什么样子，曾住在这儿的人们及他们所做的事是否塑造了它的品性，还是说它从一开始便是邪恶的，这些都是我没法回答的问题。很自然，我希望在我们离开之前，对山屋的了解都会增加很多。有些房子被称作鬼屋，原因却无人知晓。”

“除了鬼屋，你还能怎么称呼山屋？”卢克问道。

“嗯——不正常的，也许，不洁的，病态的，任何当下流行的对精神错乱的委婉说法。一座疯疯癫癫的房子是个

---

〔1〕 出自《圣经·旧约》。

不错的说法。不过，有些广受欢迎的理论对怪异和神秘的事物加以贬损。有些人会告诉你，我称为‘灵异’的干扰现象实际上是地下水或电流的产物，或是大气污染造成的幻觉。在怀疑派里，大气压力说、太阳黑子说、轻微地震说都各有其拥护者。人们，”博士痛心地说，“总是急于把事情公开化，好给它们起个名字，即使是毫无意义的名字，只要它有几分科学光环。”他叹了口气，放松下来，给他们一个自嘲的微笑。“一座闹鬼的房子，”他说，“所有人听了都会哈哈大笑。因此我告诉大学的同事们，这个夏天我要去野营。”

“我告诉大家我要参与一个科学实验，”西奥多拉帮腔说，“当然，没告诉他们地点和内容。”

“想必你的朋友们对科学实验没有我那么强烈的感觉。没错。”博士又叹了一口气，“野营，在我这个年纪，他们却相信了。好吧。”他又重新振作起来，在身侧摸索什么东西，可能是在找一把码尺。“一年前，我从一个原来的房客那里第一次听说山屋。他先是向我保证，他离开山屋是因为家人反对住在乡下这么偏远的地方，而他的结束语却是，在他看来这房子应该被烧个精光，这片土地应该撒上盐。我听说还有其他人租住了山屋，却没有人能住在这儿超过几天，更没有人能住满租期，他们给出的理由五花八门，从这里气候潮湿——顺便说，这根本不属实，这房子非常干燥——到出于生意上的原因需要赶快移居他处。换言之，每个匆忙离开山屋的房客都努力提供一个合理的理由，结果是他们每个人都离开了。当然，我试着从这些前房客处了解更多的东西，但不管怎样，我都未能说服他们来谈论这房子；他们看上去全都极其不愿向我提供信息，也不愿回想住过的那几天的细节。他们只在一个观点上相当一致：每个住过这房子的人，不论时间长短，都毫无例外地力劝我远离它，离得越远越好。没有一个前房客愿意承认山屋闹鬼，但当我拜访希尔斯戴尔，并查找过去的报纸——”

“报纸？”西奥多拉问，“是有什么丑闻吗？”

“哦，是的，”博士说，“一个非常精彩的丑闻，涉及自杀、发疯和官司。接着我便得知当地人十分确信这房子闹鬼。当然，我听说了一打各种各样的故事——要得到一座闹鬼的房子的准确信息，简直难如登天。令人惊讶的是，我经过仔细调查后得知的东西并不比我已知的更多——也因此，我去拜访了桑德森太太——卢克的姑妈，并设法租下了山屋。她直言不讳，说山屋很不受欢迎——”

“烧掉一座房子比你想象的难多了。”卢克说。

“——但她同意在短期内把它租给我，让我能开展研究，只要有家族的一员参与其中。”

“他们希望，”卢克郑重其事地说，“我能劝你不要把可爱的旧事挖出来。”

“就是这样。现在我已经解释了我怎样碰巧来到这儿，还有卢克为什么来。至于两位女士，我们大家都已经知道，你们在这儿是因为我写信给你们，你们接受了我的邀请。我希望你们每个人能以自己的方式，让房子里运行的力量变得更激烈，西奥多拉已经显示出她具有某种心灵感应能力，埃莉诺过去曾被深深卷入波尔代热斯现象[1]——”

“我？”

“当然是了。”博士好奇地看着她，“很多年前，在你还是个孩子的时候。那些石头——”

埃莉诺皱起眉，摇了摇头。她握着玻璃杯柄的手指微微颤抖，接着她说：“那是邻居们，我母亲说是邻居们干的，人们总是心怀嫉妒。”

“也许是这样。”博士轻声说，朝埃莉诺微笑，“当然，这个事件在很久以前就被遗忘了，我提起它只是因为这是我希望你来山屋的理由。”

“我还是个孩子的时候，”西奥多拉懒洋洋地说，“——‘很多年前’，博士，就像你巧妙的说法——我因为用砖头砸穿了温室顶棚，挨了鞭打。我记得我考虑了很长时间，

---

〔1〕 波尔代热斯（poltergeist），德文原意为吵闹鬼，指的是自发出现的声音、物体的莫名移动和其他不寻常的现象。

被鞭打还记忆犹新，但我也记得那让人愉快的碎裂声，在非常认真地考虑过后，我出门又扔了一次。”

“我记性不好。”埃莉诺犹豫地对博士说。

“但是为什么？”西奥多拉问，“我是说，我能接受山屋闹鬼这个假设，因此，蒙塔古博士，你想要我们在这儿帮你的忙，追踪发生的一切——我敢说还有一点，就连你也根本不想一个人待在这儿——但我还是不懂。这的确是座可怕的老房子，要是我租下这里，只要匆匆看一眼前厅，就会尖叫着要求退钱。但这儿到底有什么？究竟是什么把大家吓成这样？”

“我不会给无名的东西命名，”博士说，“我不知道。”

“她们甚至都没告诉我发生了什么，”埃莉诺急切地对博士说，“我母亲说是那些邻居干的，他们总是和我们对着干，因为她不愿与他们同流合污。我母亲——”

卢克打断她的话，缓慢而从容地开了口。“我认为，”他说，“我们大家都只想知道事实，那些我们能理解的事情，然后把它们组合在一起。”

“首先，”博士说，“我想问你们所有人一个问题。你们想离开吗？会不会有人建议我们现在立刻收拾行李离开，不管山屋了，而且再也不跟它扯上任何关系？”

他看着埃莉诺，而埃莉诺紧紧地合拢双手。这是另一个离开的机会，她想，然后她说：“不。”同时有点儿尴尬地瞥了一眼西奥多拉。“今天下午我有点儿孩子气，”她解释说，“我确实被吓着了。”

“她没把全部事实说出来，”西奥多拉诚实地说，“我害怕的程度不亚于她，我俩被一只兔子吓得魂飞魄散。”

“兔子，真是可怕的生物。”卢克说。

博士笑了：“不管怎样，今天下午我们全都很紧张。当我拐过那个转角，看清山屋的时候，眼前的景象，对我来说简直是晴天霹雳。”

“我以为他要把车子撞到树上去了。”卢克说。

“在温暖的房间里，有炉火，有同伴，现在我真的很有勇气。”西奥多拉说。

“我觉得即使我们想走，现在也走不了。”埃莉诺还没想明白她要说什么，或是其他人听起来这句话意味着什么，就脱口而出。她看见他们都望着她，便笑了起来，蹩脚地补充说：“达德利太太永远都不会原谅我们的。”她不知道他们会不会真的相信这是她的本意。她心里想着，也许这房子现在抓住了我们，也许它不会让我们走。

“让我们再多喝一点儿白兰地，”博士说，“然后我会告诉你们山屋的故事。”他回到壁炉前，恢复教学姿态，缓慢地开始述说，就像他正在讲述的是早已逝去的君王和早已结束的战争，他很小心地让声音不带感情色彩。“山屋在八十多年前建成，”他开始讲，“它是休·克兰为他的家族建造的一座乡间住宅，他希望他的孩子和孙辈在这里过着豪华舒适的生活，也十分希望自己在这里平静地度过余生。不幸的是几乎从一开始，山屋就是一座悲惨的房子。休·克兰的年轻妻子的马车在车道上翻倒，这位女士被——啊，他们用的词是毫无生气地——抬进丈夫为她建造的住所里，未能看到这房子一眼就死去了。休·克兰是个不幸且悲观的男人，他有两个年幼的女儿要抚养，但他没有离开山屋。"

"孩子们在这儿长大？"埃莉诺难以置信地问。

博士微微一笑："如我所说，这房子很干燥。在人们看来，这里没有会让她们发烧的沼泽地，乡间的空气对她们有益，房子本身也很豪华。我确信两个小孩能在这儿玩耍，也许很孤单，但并不是不开心的。"

"我希望她们去小溪蹚过水，"西奥多拉专注地凝视着炉火说，"可怜的小东西。我希望有人让她们在草地上奔跑，摘那些野花。"

"她们的父亲再婚了，"博士继续说，"实际上，再婚了两次。看上去他在娶妻的事儿上运气也不佳。第二任克兰太太摔了一跤后去世了，不过我一直未能查明是怎么回事，看起来她的死亡和前任一样是个意外的悲剧。第三任克兰太太在欧洲的某个地方，死于曾被称作肺痨的疾病。山屋藏书室的某处保存着一些明信片，她们的父亲和继母从一个疗养地去往另一个，沿途把明信片寄给留在山屋的两个小女孩。小女孩们和女家庭教师待在这儿，直到继母去世。在那之后休·克兰宣布关闭山屋，继续留在国外，而他的女儿们被送去和母亲的表亲一起住，一直住到成年。”

“我希望妈妈的表亲比老休更讨人喜欢，”西奥多拉说，她仍旧阴郁地注视着炉火，“想到小孩子像蘑菇一样在阴暗中长大，这可不怎么好。”

“她们可不这么想，”博士说，“两姐妹的余生在为山屋争吵不休。休·克兰原本以此地为中心，对他的‘王朝’寄予了很高期望，然而在他的妻子死后不久，他也在欧洲某地去世了。山屋由两姐妹共同继承，她们在那时已经是很年轻的女士了，至少姐姐已进入了社交圈。”

“梳起她的头发，学着喝香槟，拿着一把扇子……”

“山屋许多年空无一人，却为这个家族随时待命，先是为休·克兰，在他死后，又是为两姐妹中选择住在这儿的那个。这个时期里的某个时候，两姐妹达成了明确的约定，山屋成为姐姐的财产；妹妹结了婚——”

“啊哈，”西奥多拉说，“妹妹结婚了。我敢肯定她偷了姐姐的未婚夫。”

“据说姐姐在爱情中受挫，”博士表示同意，“不过对于任何一位选择独居的女士，不管出于什么原因，差不多都会传出这种说法。姐姐回到这里生活，她似乎和她的父亲非常相像，在这儿独自住了好多年，几乎是隐居状态，尽管希尔斯戴尔村子里的人认得她。令人难以置信的是，她由衷地爱着山屋，把它看作家族老宅。后来她从村子里领了一个女孩住在这儿，陪伴她生活。据我所知，那时村里人对这房子似乎没有什么强烈的感觉，因为老克兰小姐——正如她难免为众人所知——在村子里雇佣她的仆人，而她领了一个村里的女孩做伴也被看作一件好事。老克兰小姐和她的妹妹在房子的事情上一直存在分歧，妹妹坚持说她放弃房子的继承权，是为了交换一些祖传遗物，其中有些价值连城，她的姐姐后来却拒绝给她。这些遗物是一些珠宝、几件古董家具以及一套镶着金边的盘子，这些盘子似乎比其他任何东西都更让她愤怒。桑德森太太让我翻阅了一盒子家族文件，我看到了一些妹妹写给克兰小姐的信，在所有的信件中这些盘子都相当引人注目，是一件被反复提及的恨事。后来，姐姐死于肺炎，死在这房子里，只有陪伴的女孩在身边帮忙。——在这之后有一些流言蜚语，说医生叫得太晚，说老夫人躺在楼上，无人照看，年轻女孩却在花园里和某个村里的小伙子调情，但我怀疑这些诽谤。我确信当时人们并未普遍相信这类故事，大多数故事似乎是妹妹出于恶毒的报复心编造出来的，她的愤怒从未平息。”

“我不喜欢这个妹妹，”西奥多拉说，“她先是偷了姐姐的爱人，接着又想偷姐姐的盘子。不，我不喜欢她。”

“和山屋相连的一系列悲剧令人印象深刻，不过话说回来，大多数老房子都是如此。毕竟，人们总得在某处生活和死去，一座八十年的房子难免要目睹住客的死亡。姐姐死后，他们围绕这房子打起了官司。陪伴的女孩声称房子留给了她，妹妹和妹夫强烈坚持说房子依法属于他们，并宣称是女孩哄骗姐姐签字，把一直打算留给妹妹的财产转给了她。就像所有的家庭纠纷一样，这可不是什么愉快的事，双方都说了些特别刺耳和冷酷的话。女孩在法庭上发誓说——我想，这是反映山屋真正特性的第一个线索——妹妹在夜里进房子偷了东西。当法庭要求她详述这一指控，她变得非常紧张，语无伦次，最后她被迫给出一些证据，说有一套银质餐具不见了，还有一套值钱的珐琅制品和那套著名的镶金边盘子都不见了。不过如果你仔细想想的话，这些实际上是非常难偷的东西。在妹妹这一方，她甚至提到了谋杀，要求调查老克兰小姐的死因，并谈及那些有关疏于照看和处置不当的事情。然而，没有迹象表明这些提议曾被认真对待，除了正式的死亡通知，没有任何其他档案。很显然，如果她的死亡有任何古怪之处，村民们会是最先感到疑惑的。陪伴的女孩最后胜诉了，房子依法变成了她的财产。在我看来，除此之外她还应该赢得一场诽谤官司。不过妹妹仍想得到房子，从未放弃努力。她对不幸的女孩纠缠不休，写信、恐吓，到处用最疯狂的指控污蔑她，当地警方记录中列出，有一次女孩被迫申请警方保护，不让她的敌人用一根扫帚袭击她。女孩看来似乎处于恐惧状态，她的房子在夜里被人破门而入——她一直坚持说他们进来偷东西——我读到一封引人同情的信件，在信中她抱怨说自从她的恩人去世，她从未在房子里度过一个平安的夜晚。说来也奇怪，村子里却几乎一边倒地同情妹妹，可能是因为曾经的乡下女孩现在变成了庄园的女主人。村民们当时相信——现在仍然相信——这个诡计多端的年轻女子骗去了本来属于妹妹的遗产。他们不相信乡下女孩会谋杀她的朋友，但很乐意相信她不诚实，这显然是因为若有机会，他们自己便做得出不诚实的事情来。嗯，流言蜚语一直是个可怕的敌人。当这个可怜的人自杀——”

“自杀？”埃莉诺震惊地脱口而出，半站起身，“她非得自杀不可吗？”

“你是说，她没有别的办法逃离折磨她的人？很显然，她觉得没有。本地人普遍认为她选择自杀是出于内疚心理。我更倾向于认为她是那种固执却不太机灵的年轻女子，能够不顾一切地抓住她相信属于自己的东西，却受不了持续不断、难以摆脱的精神迫害。她显然没有办法来反击那个妹妹的敌对活动，她在村子里的朋友已经转到了她的对立面，她也似乎确信挂锁和门闩没法挡住夜里偷偷潜入的敌人，并被这个念头逼疯了——”

“她应该远走高飞，”埃莉诺说，“离开这房子，跑得越远越好。”

“从结果看，她做到了。我真觉得这可怜的女孩死于怨恨，她是上吊自杀的。有小道消息说她吊死在塔楼上的角楼里，不过当有山屋这样一座带塔楼和角楼的房子时，小道消息很难让她吊死在其他地方。她死后，房子依法转移到桑德森家族手中，他们是她的表亲，而且对那个妹妹的迫害毫不在意，妹妹在那时肯定也有点精神错乱了。我从桑德森太太那里听说，当这家人——应该是桑德森先生的父母——第一次来看这房子时，那个妹妹出现在这里辱骂他们，在他们经过的路上对他们咆哮，最后被直接送到地方警察局。看起来，妹妹在这个故事中扮演的角色就这样到头了——从第一个桑德森家的人把她送走的那天起，她似乎就把时间用来默默反思她做过的错事，远离桑德森家族，直到几年后人们看到她简短的死亡通知。说来也奇怪，她咆哮的时候一直坚持一件事——她从没有，也不会，在夜里进入这房子，无论是为了偷东西还是为其他什么原因。”

“真有什么东西被偷了吗？”卢克问。

“就像我告诉你们的，那个女孩最后被迫说出好像有一两件东西不见了，但没法肯定。你们能想象得到，深夜闯入者的故事为山屋的名声大大增色。桑德森家族根本就没住在这儿。他们在房子里待了几天，告诉村民他们正为尽快入住做准备，接着却突然全都走掉，把房子原样关闭了。他们告诉周围的村民，有紧急事务需要他们去城里住，不过村民们都知道是怎么一回事。自那以后，没有人能在房子里一次连住几天。直到现在，它一直在市面上，或租或售。嗯，这是个很长的故事。我需要再喝点儿白兰地。”

“那两个可怜的小女孩，”埃莉诺望着炉火说，“我没法忘了她们，她们走过这些阴暗的房间，也许试着玩洋娃娃，就在这儿，或是在楼上那些卧室里。”

“所以，这座老房子就一直立在这儿，”卢克试探地伸出一根手指，小心翼翼地触摸大理石丘比特，“这里的东西再没被人动过，没被人用过，再没有任何人需要它们了，这房子就只是立在这儿，思考着。”

“等待着。”埃莉诺说。

“等待着。”博士表示肯定。“从本质上说，”他缓慢地继续说，“我想，这房子本身就是邪恶的。它束缚并毁掉了房子里的人，以及他们的生活，这是个充满恶意的地方。好吧，明天你们将会看得一清二楚。桑德森一家一开始打算住在这儿的时候，装设了电缆、水暖设备和一部电话，但在其他方面，这房子没有任何改变。”

“好吧，”沉默了一小会儿之后，卢克说，“我肯定我们在这儿会非常舒服的。”

5

埃莉诺居然欣赏起自己的双脚来，西奥多拉就在她脚尖的另一边对着炉火出神，埃莉诺发现她的双脚在红色便鞋里显得很好看，并对此非常满意。我是个多么完满又独特的人啊，她想，从我的红色脚趾到我的头顶，一个与众不同的我，拥有只属于我的特征。我有红色的鞋子，她想，这跟叫埃莉诺的人很配。我不喜欢龙虾，我朝左边睡觉，我紧张的时候会把指关节弄得噼啪作响，我保存纽扣。我正握着一个白兰地杯子，它是我的，因为我在这儿，我在用它，我在这个房间里有一席之地。我有红色的鞋子，明天醒过来的时候我仍将在这里。

“我有红色的鞋子。”她非常轻柔地说，西奥多拉转过头对她微笑。

“我曾想过——”博士神情明快而急切地环视他们，持乐观态度，“我曾想过问你们是不是都会打桥牌？”

“当然。”埃莉诺说。我会打桥牌，她想，我曾有只名叫舞蹈家的猫，我会游泳。

“我恐怕不行。”西奥多拉说，另外三人转过身，面带毫不掩饰的沮丧表情注视她。

“完全不会？”博士问她。

“十一年来我每周打两次桥牌，”埃莉诺说，“和我母亲还有她的律师夫妇——我肯定你一定打得和这差不多。”

“也许你能教我？”西奥多拉问她，“在游戏方面我学得很快。”

“哦，天哪。”博士说，埃莉诺和卢克笑了起来。

“我们还是干点儿别的吧。”埃莉诺说。我会打桥牌，她想，我喜欢苹果派加酸奶油，我自己开车来到这儿。

“西洋双陆棋。”博士语带苦涩。

“我象棋下得不错。”卢克对博士说，博士马上振奋了起来。

西奥多拉倔强地紧闭着嘴。“我可没想到我们来这儿是为了玩游戏的。”她说。

“消遣而已。”博士含混不清地说，西奥多拉愠怒地耸耸肩，又转过身去注视炉火。

“我去拿象棋，告诉我在哪儿。”卢克说。博士微微一笑。

“还是我去吧，”他说，“要知道，我研究过房子的平面图。要是让你自己出去四处闲逛，我们很可能就再也找不到你了。”随着房门在博士身后关上，卢克朝西奥多拉匆匆投去好奇的一瞥，然后走到埃莉诺身边站住了。“你觉得紧张，是不是？那故事吓着你了吗？”

埃莉诺用力摇了摇头，卢克又说：“你看上去面色苍白。”

“我可能该去睡觉了，”埃莉诺说，“我不习惯像今天这样开这么远的路。”

“喝点儿白兰地，”卢克说，“它会让你睡得更好。你也是。”他对着西奥多拉的后脑勺说。

“谢谢你，”西奥多拉冷淡地说，没有转身，“我很少失眠。”

卢克冲埃莉诺狡黠地笑了笑，在博士开门的同时转过身去。“我真会胡思乱想，”博士说着放下棋盘，“这是座什么样的房子啊。”

“发生什么事了吗？”埃莉诺问。

博士摇摇头。“现在我们也许应该达成一致，不要单独在房子里闲逛。”他说。

“发生了什么？”埃莉诺问。

“我自己的想象而已，”博士坚决地说，“这张桌子行吗，卢克？”

“可爱的老棋盘，”卢克说，“我不懂那个妹妹怎么会忽视了它。”

“我只能跟你说，”博士说，“如果确实是那个妹妹在夜里偷偷溜进这座房子，她的神经一定是铁打的。这房子在监视，”他突然加了一句，“它在监视你的每个动作。”博士接着又说：“当然，这只是我的想象。”

在火光的映照下，西奥多拉的神情僵硬而阴沉。她喜欢受人关注，埃莉诺聪明地认识到，下意识地走过去坐在西奥多拉身边的地板上。埃莉诺能听见在她身后，有象棋棋子在棋盘上移动的轻柔声响，有卢克和博士各自走棋时惬意的微小动作的声音，炉火中闪着点点火星，发出轻微的响动。等西奥多拉先开口后，她又等了一小会儿，才欣然说道："还是没法相信自己真的在这儿吗？"

"我不知道会这么无聊。"西奥多拉说。

"白天我们会找到足够多的事情做。"埃莉诺说。

"在家的时候，到处都是人，都是谈话、笑声、灯光和令人兴奋的事情——"

"我想我不需要这些东西，"埃莉诺几乎带着点儿歉意说，"我从来都没有什么兴奋的事情，我必须和母亲待在一起。当她睡着的时候，我已经习惯了去玩单人纸牌或是听广播。我没法忍受在晚上看书，因为每天下午我必须给她大声朗读两个小时。爱情故事——"她微微笑了，注视着炉火。但那不是全部，显示不出我的生活到底是什么样子，她心里想，尽管想要倾诉，还是对自己感到惊讶，我为什么在说这些？

"我真差劲，不是吗？"西奥多拉赶快把她的手放在埃莉诺手上，"我坐在这儿发牢骚，就因为没有供我消遣的东西，我太自私了，我真是糟透了。"在火光中，她的眼睛闪着喜悦的光芒。

"你糟透了。"埃莉诺附和着。西奥多拉把手放在她手上，这让她感到困窘。她不喜欢被人碰，但这个小小的肢体动作似乎是西奥多拉选定来表达悔悟、愉悦或同情的方式。我想知道我的指甲是否干净，埃莉诺想着，轻轻地撤出自己的手。

“我糟透了，”西奥多拉说，心情再次愉快起来，“我糟糕又野蛮，没人能受得了我。好了。现在给我讲讲你的事。”

“我糟糕又野蛮，没人能受得了我。”

西奥多拉笑了起来：“别打趣我。你温柔又可亲，每个人都非常喜欢你，卢克已经疯狂地爱上了你，我都嫉妒了。现在我想知道更多关于你的事。你真的看护了你母亲许多年？”

“对。”埃莉诺说，“十一年，直到她三个月前去世。”她的指甲是脏的，她的手保养得不好，人们会开关于爱情的玩笑，因为有时候这很好笑。

“她去世的时候你伤心吗？我是不是该说我非常抱歉？”

“不。她过得不开心。”

“而你也不开心？”

“我也不开心。”

“那现在呢？在你终于自由之后，你做了什么？”

“我把房子卖了，”埃莉诺说，“姐姐和我拿走了各自想要的东西——一些小东西，除了我母亲攒下来的小东西，我父亲的手表和一些旧首饰——也真没什么了。我们跟山屋的姐妹俩完全不同。”

“你卖掉了其他所有东西？”

“全部。尽可能迅速地卖掉了。”

“接着你一定是开始了一段快乐又疯狂的风流经历，而它不可避免地把你带到了山屋？”

“并非如此。”埃莉诺笑了起来。

“但这么多年虚度光阴！你有没有登上游船，寻找让人激动的年轻男人，买新衣服……”

“不幸的是，”埃莉诺干巴巴地说，“钱财根本没有那么多。我姐姐把她那一份存进银行，用于她家小女孩的教育。我确实买了一些衣服，为了来山屋。”人们喜欢回答有关自己的问题，她想，这是一种多么古怪的愉悦享受啊。现在问什么我都会回答的。

“你回去之后要做什么？你有工作吗？”

“不，现在没有工作。我不知道我要做什么。”

“我知道我要做什么。”西奥多拉舒适地伸了个懒腰，“我要把我们公寓的每盏灯都打开，然后就只是晒太阳。”

“你的公寓是什么样子的？”

西奥多拉耸耸肩。“挺好。”她说，“我们找到一间旧公寓，自己进行了整修。有一个大房间和几间小卧室，还有讨人喜欢的厨房——我们把它刷成红色和白色，改造了好多从旧货店里淘来的旧家具——有张非常漂亮的桌子，大理石面的。我们俩都喜欢翻修旧物件。”

“你结婚了吗？”埃莉诺问。

静默了一瞬间，西奥多拉很快就笑了起来，说：“没有。”

“抱歉，”埃莉诺非常窘迫地说，“我不是有意想打听。”

“你真有趣。”西奥多拉说着，用手指碰了碰埃莉诺的面颊。我画了眼线，埃莉诺想，随即从炉火那边转开脸去。“告诉我你住在什么地方。”西奥多拉说。

埃莉诺低头看着她没保养好的双手，我们本来负担得起一个洗衣女工的，但我们却没请，她想，这不公平。我的手糟透了。“我有一个属于自己的住处，地方不大，”她缓慢地说，“一间公寓，像你们的一样，只是我一个人住。我肯定它比你们的小。我还在布置它——一次买一件东西，以确保我买的所有东西都完全合适。窗帘是白色的。我不得不找了几个星期，才找到要放在壁炉两角的小石狮子，我还有一只白猫，我的书、唱片和画。每件东西都得不折不扣的是我想要的样子，因为用它的人只有我。我曾经有一只蓝色杯子，杯子里面绘着星星，当低头望向一杯茶水的时候，茶水里都是星星。我想要一只那样的杯子。”

“也许有一天在我的店里会出现一只，”西奥多拉说，“那我就能把它寄给你。某天你会收到一个小包裹，写着‘给埃莉诺，爱你的朋友西奥多拉’，它会是一只画满星星的蓝色杯子。”

“我本来会去偷那些镶金边的盘子。”埃莉诺大笑着说。

“将军。”卢克说。然后，博士说：“天啊，天啊。”

“纯粹是运气。”卢克愉快地说，“女士们在炉火边睡着了吗？”

“就快了。”西奥多拉说。卢克穿过房间，对她们各伸出一只手，帮她们起身。埃莉诺动作局促，差点摔倒；西奥多拉干净利落地站起来，伸展肢体，打了个哈欠。“西奥困了。”她说。

“我得带你们上楼去，”博士说，“明天我们真的必须开始学习在房子里找路了。卢克，请你把炉火挡上好吗？”

“我们是不是最好确认一下门都锁好了？”卢克问，“我想达德利太太离开的时候锁了后门，但其他的门锁了吗？”

“我觉得我们不会抓住什么闯入者，”西奥多拉说，“陪伴的小女孩曾经锁上她的门，但那又有什么用呢？”

“假如我们想要逃出去呢？”埃莉诺问。

博士迅速瞥了埃莉诺一眼，然后，移开目光。“我不觉得有锁门的必要。”他平静地说。

“很显然我们无须担心村子里来的夜贼。”卢克说。

“不管怎么说，”博士说，“我在一个小时左右的时间里还不会睡觉，在我这个岁数，入睡前读一个小时的书是必不可少的，我很明智地随身带了《帕梅拉》[1]。如果你们有任

---

〔1〕 英国小说家塞缪尔·理查森于1740年出版的小说。

何一位失眠，我会为你朗读。只要是我认识的人，听着理查森的作品没有不睡着的。”他一边轻声说着，一边带领他们沿着狭窄的过道前行，穿过高大的前厅，一直走到楼梯处。“我以前经常想在特别小的孩子身上试试。”他继续说。

埃莉诺跟着西奥多拉走上楼梯，直到此时她才发现自己有多疲倦，每走一步都很吃力。她不停地提醒自己，她是在山屋里，但此时此刻，就连蓝色房间都只意味着铺着蓝色床单和床罩的那张床。“但是，”博士在她身后继续说，“菲尔丁[1]的小说虽然长度相仿，主题却大相径庭，对小孩子绝对不会起作用。我甚至怀疑斯特恩[2]——”

西奥多拉走向绿房间的门，然后转过身来，微笑着，“如果你觉得哪怕有一点儿紧张，”她对埃莉诺说，“就直接跑到我的房间里来。”

“我会的，”埃莉诺认真地说，“谢谢你。晚安。”

“——肯定不是斯摩莱特[3]。女士们，卢克和我住这边，在楼梯的另一侧——”

“你们的房间是什么颜色？”埃莉诺忍不住问。

“黄色。”博士吃惊地说。

---

〔1〕 亨利·菲尔丁（1707—1754），英国小说家、戏剧家，被沃尔特·司各特称为“英国小说之父”，著有《弃儿汤姆·琼斯的历史》等。

〔2〕 劳伦斯·斯特恩（1713—1768），英国小说家，著有《项狄传》等。

〔3〕 托比亚斯·斯摩莱特（1721—1771），著有 6 部长篇小说、2 部戏剧，编辑和撰写的非虚构作品多达 70 卷，还翻译过大量文学作品。

"粉色。"卢克说着做了一个表示厌恶的优雅手势。

"我们这边是蓝色和绿色。"西奥多拉说。

"我会一直醒着读小说。"博士说，"我会半开房门，肯定能听到任何动静。晚安。睡个好觉。"

"晚安，"卢克说，"大家晚安。"

反手关上身后的房门，埃莉诺疲倦地想，也许是山屋的阴暗和压抑让她变得这么疲惫不堪。这一点不再重要了。蓝色的床出奇的柔软。奇怪，她昏昏欲睡地想，这房子本应是那么可怖，但在许多方面却又那么舒适——柔软的床、宜人的草坪、温暖的炉火、达德利太太的厨艺。这些同伴也是，她想，现在我已经是独自一人，可以琢磨他们了。卢克为什么在这儿？而我又为什么在这儿？恋人的相遇终结了行程。他们全都看出我在害怕。

她打了个寒战，坐起来去拿盖在脚上的床罩，然后，半是好笑半是战栗地悄悄溜下床，光着脚无声地走过房间，去转动门锁里的钥匙。他们不会知道我锁了门，她想着匆匆回到床上。她把床罩拉上去盖在身上，畏惧地看向在黑暗中淡淡发着光的窗户，接着又看向房门。要是我有安眠药就好了，她想。然后，她再一次难以自控地转头看向窗户，又看向房门，心想，它是不是在动？我已经锁上它了，它是不是在动？

她下定决心，如果把毯子盖在头上，躲在毯子深处，是否会感觉好一点儿。她咯咯笑了，心里庆幸其他人都听不见她的想法。在城里的时候，她从来没用被子盖着头睡过，今天跑了这么远的路，总算来到这儿了，她想。

后来，她安心地睡着了；西奥多拉在隔壁房间里也睡着了，面带微笑，开着灯。在走廊的更远处，博士正读着《帕梅拉》，偶尔他会抬起头倾听。有一次他走向房门，沿着走廊望去，站了一分钟才回去继续读书。一盏夜灯在楼梯顶端发出光亮，在它下方，前厅一片漆黑。卢克也睡着了，床头柜上放着一支手电筒，还有他一直带在身上的一枚幸运硬币。在他们四周，这座房子沉思着，它在一种近乎战栗的微微抖动中逐渐安定下来。

六英里之外，达德利太太醒了过来，她看了一眼时钟，想起了山屋，赶紧闭上眼睛。山屋的所有者格洛丽亚·桑德森太太住在离这儿三百英里远的地方，她合上侦探小说，打了个哈欠，伸手去关灯，略想了一下她有没有挂上正门的链条。西奥多拉的朋友睡着了，博士的太太和埃莉诺的姐姐也是。远处，在山屋上方的树林中，有只猫头鹰号叫了一声。清晨时分下起了细雨，雾气迷蒙，天色阴沉。

第四章

1

埃莉诺一觉醒来，蓝房间在清晨的雨中显得灰暗又苍白。她发现自己在夜里把床罩扔开了，头靠在枕头上，用她习惯的姿势睡到了天亮。她惊讶于自己睡到了八点多，讽刺的是，这么多年来她睡的第一个好觉竟然是在山屋里。她躺在蓝色的床上，仰视昏暗的天花板及上面年代久远的雕花图案，她在半睡半醒中问自己：我做了什么？我出没出洋相？他们是不是在嘲笑我？

匆匆回想昨天晚上，她只记得她——一定是——显得很傻气，孩子气地心满意足，几乎说得上是快活的，其他人看到她头脑这么简单，是不是被逗乐了？我说了一些蠢话，她告诉自己，他们当然注意到了，今天我要有所保留，不要因为他们接纳了我，就公开表现出感激之情。

她摇了摇头，叹了口气，这下完全清醒了。你是个很傻的孩子，埃莉诺，她告诉自己，就像每天早上她都会告诉自己一样。

她在房间里，四周显得鲜活起来。她是在山屋的蓝房间里，提花布窗帘在窗前微微飘动，浴室里水声四起，一定是西奥多拉，她醒了，必定先穿戴整齐，肚子也肯定饿了。“早上好。”埃莉诺招呼她，西奥多拉气喘吁吁地回答：“早上好——稍等一下——我会把浴缸给你放满水——你饿了吗？我简直饿死了。”她是不是觉得只有为我放满水，我才会洗澡？埃莉诺琢磨了一下，随即感到羞愧，我来这儿就是为了不再瞎琢磨，她严厉地告诉自己，然后翻身下床，走到窗前。她的目光越过门廊顶部，落在下方的宽阔草坪上，草坪上的灌木和小树木丛在雾气中交错在一起。草坪的远端是一排树木，它们标记了那条通往小溪的小径，不过在这样的早上，去草地上愉快地野餐并不那么令人向往。显然，一整天都会下雨，但这是一场夏天的雨，会让草木更加郁郁葱葱，让空气更加甜美新鲜。这很迷人，埃莉诺想，并惊讶于自己的念头，她想知道自己是不是有史以来第一个觉得山屋迷人的人，还是他们在第一个早上都这么想。她不寒而栗地想，哆嗦了一下。她也没法解释自己的兴奋感，这种兴奋让她弄不清楚在山屋开心地醒来为什么会是一件很奇怪的事。

“我快要饿死了。”西奥多拉重重地敲着浴室门。埃莉诺抓起浴袍，加快了动作。“要穿得像一缕落在人间的阳光，”西奥多拉在房间里大声喊她，“天色那么阴沉，我们得比平时更光鲜一点儿。”

早餐前唱歌，天黑前哭泣，埃莉诺告诫自己，因为她一直在轻声唱着：“不要蹉跎了大好的年华……”

“我以为我才是比较懒的那个，”西奥多拉在门的另一边得意扬扬地说，“但你更糟，糟糕得多。懒惰简直不足以形容你。你现在一定够干净了，可以出来吃早餐了。”

“达德利太太九点摆好早餐。当我们面带微笑闪亮登场的时候，她会怎么想？”

“她会失望地抽泣。你猜有没有人在夜里哭喊着找她？”

埃莉诺挑剔地注视着还带着肥皂沫的腿。“我睡得很沉。”她说。

“我也是。如果你在三分钟里还没准备好，我就进去把你淹死。我要我的早餐。”

埃莉诺记不起自己已经有多久不曾穿得像一缕落在人间的阳光，不曾为了早餐饿得要死，不曾如此在意她自己，不曾如此从容而温柔；她甚至带着一种愉悦刷了牙，她不记得自己何时有过这样的好心情。这都是一夜好眠的结果，她想，自从母亲去世，我一定睡得很差，比自己想的还差。

“你还没准备好？”

“来了，来了。”埃莉诺跑向房门，想起它还上着锁，便轻轻把锁打开。西奥多拉在走廊上等她，身穿鲜艳的格子花呢，在一片昏暗中显得生机勃勃。看着西奥多拉，埃莉诺相信不论她是穿衣、洗漱、走动、吃饭、睡觉，还是谈话，她都会享受当下的每一分钟，也许西奥多拉从来都不在意其他人怎么看她。

“你有没有意识到，我们可能要再花上一个小时才能找到餐厅？”西奥多拉说，“但他们也可能给我们留了一张地图。——你知道吗？卢克和博士好几个小时前就起床了，我从窗户那边和他们讲过话。”

他们没等我就行动了，埃莉诺想，明天我要早点醒来，也在窗户那边和他们讲话。她们走下楼梯，西奥多拉穿过高大阴暗的前厅，自信地把手放在一扇门上。“这边。”她说，但门打开后是一个她们从没见过的昏暗房间，里边传出了回声。“这边。”埃莉诺说，但她选择的门通往一条狭窄的过道，连接着他们昨晚围炉夜话的那个小会客室。

“应该是在大厅的另一边。”西奥多拉说着，困惑地转过身来。“该死。”她说，然后仰起头大喊，“卢克？博士？”

她们隐约听见一声回应的呼喊，西奥多拉走过去打开另一扇门。“他们是不是以为，”她回过头说，“能让我永远待在这间丑陋的大厅里，为了我的早餐，一扇门接一扇门地试——”

“那扇门是对的，我觉得。”埃莉诺说，“穿过那个阴暗的房间，然后那边就是餐厅。”

西奥多拉撞到了一件小家具，又喊了起来，咒骂着，接着在她前方的门打开了，博士说：“早上好。”

“肮脏、丑陋的房子，”西奥多拉揉着膝盖说，“早上好。”

“当然，现在你们肯定不会相信的，”博士说，“但三分钟前这些门都大开着。我们让它们开着，以便你们能找到路。我们坐在这儿，眼看着它们刚好在你叫我们之前自动关上了。好了。早上好。”

“有腌鱼。”卢克坐在餐桌前说，“早上好。我希望女士们爱吃腌鱼。”

他们已经安然度过了一个黑夜，迎来了山屋的早晨。他们是一家人，不拘礼节地相互致意，走向昨天晚餐时坐过的椅子，那是属于他们各自的位置。

“看来，九点时摆好一顿精美丰盛的早餐无疑是达德利太太认可的。”卢克挥着一把餐叉说，“我们已经开始怀疑你们是不是在床上用早餐的那类人。”

“换了任何别的房子，我们到这儿都能早得多。”西奥多拉说。

“你们刚才真让所有的门都为我们开着？”埃莉诺问。

“所以我们才知道你们来了，”卢克告诉她，“因为我们看见那些门自动关上了。”

“今天我们就把所有门都打开钉住，”西奥多拉说，“我要走遍这房子，直到能百分之百准确地找到吃的。我整晚都开着灯睡觉，”她向博士坦白，“但什么都没发生。”

“一直都很安静。”博士说。

“你守了一整夜吗？”埃莉诺问他。

“到凌晨三点左右，《帕梅拉》终于让我睡着了。除了两点多开始下雨，什么声音都没有。女士中有一位在睡梦中叫喊了一次——”

“那一定是我，”西奥多拉厚着脸皮说，“梦见那个邪恶的妹妹在山屋大门口。”

“我也梦见她了。”埃莉诺说。她看着博士，突然说：“这很难为情。我是说，想到自己是不是害怕了。”

“我们都在局中，你知道的。”西奥多拉说。

“如果你努力装出不害怕的样子，就更糟了。”博士说。

“用腌鱼把自己填饱，”卢克说，“就感觉不到任何东西了。”

埃莉诺觉得，就像她昨天意识到的一样，他们有技巧地引导着谈话，使占据她脑海的恐惧念头远离。也许他们容许她偶尔代表所有人发言，通过这样让她镇定下来，他们也能让自己镇定下来，把这个话题抛在脑后。也许，她作为一种媒介承载着各式各样的恐惧，足够所有人去消化。他们就像小孩一样，她生气地想，彼此鼓动，让对方先迈出第一步，又转身去羞辱落在最后边的人。她把盘子推远，叹了口气。

“在今晚睡觉之前，”西奥多拉正跟博士说着，“我要确保我见过这房子的每一寸地方。我不想再躺在那儿，琢磨我头顶上有什么，或是我楼下有什么。我们还得打开一些窗户，让房门一直开着，不能再摸着石头过河了。”

“做些小路标，”卢克建议说，“有箭头指向的，写着从这边出去。”

“或此路不通。”埃莉诺说。

“或小心家具掉落。”西奥多拉说，“我们去做这些。”她对卢克说。

“我们大家要先一起探索这房子。”埃莉诺说。可能说得太快了，因为西奥多拉转过头来，好奇地看着她。“我不想一个人被留在阁楼或其他什么地方。”埃莉诺不自在地加了一句。

“没人会把你一个人留在任何地方。”西奥多拉说。

“那么我提议，我们先把壶里的咖啡全喝完，然后再紧张地走过一个又一个房间，努力找出这房子的某种合理布局，并让沿途的房门都开着。我从没想过，”他伤心地摇着头说，“我能受得了这个，继承一座让我不得不设置路标才能找到路的房子。”

“我们需要弄清楚怎么称呼这些房间，”西奥多拉说，“假设我告诉你，卢克，我要和你在第二客厅秘密碰面——

你怎么才能知道去哪儿找我呢？”

“你可以一直吹着口哨，直到我找到那里。”卢克提议。

西奥多拉哆嗦了一下：“你会听到我吹着口哨，一直喊着你，但你在房门之间穿梭，永远都开不到正确的那扇，而我会在房间里，找不到任何出路——”

“也没有任何东西可吃。”埃莉诺不客气地说。

西奥多拉又看了她一眼，片刻之后表示赞同：“也没有任何东西可吃。”她接着说：“这是狂欢节上的疯狂屋，房间彼此相连，有许多房门同时通往各个地方，你过来的时候它们就自动关上，我打赌在某个地方会有让你看到前后左右所有方向的镜子，还有一根空气软管给你的裙子充气，会有什么东西从一条黑漆漆的过道里出来，当面嘲笑你——”她突然安静下来，拿起杯子，动作快得让咖啡洒了出来。

“没有你说的那么糟糕。”博士轻描淡写地说，“事实上，一楼房间的布局差不多是个同心圆，中心就是我们昨晚待过的小会客室；大致上，有一连串房间环绕着它——比如台球室，还有一个阴暗的小房间，装潢全都用玫瑰色的绸缎——”

“埃莉诺和我每天早上会去那儿做针线活儿。”

“——环绕小会客室的这些房间——我称它们‘里间’，因为它们不直通屋外，也没有窗户——环绕‘里间’的是一圈‘外间’——客厅，藏书室，温室，而——”

“不，”西奥多拉摇头说，“我还迷失在刚才的玫瑰色绸缎里。”

“游廊环绕这座房子。从客厅、温室和一个起居室有门可以通往游廊。还有一条过道——”

“停，停。”西奥多拉在笑，摇着头，“这是一座肮脏、腐坏的房子。”

餐厅角落的转门开了，达德利太太出现在那儿，一只手扶着门，面无表情地看着早餐桌。“我十点收拾餐桌。”达德利太太说。

“早上好，达德利太太。”卢克说。

达德利太太的目光转向他。“我十点收拾餐桌，”她说，“盘子应该放回架上。午餐时我再把它们拿出来。我一点钟摆好午餐，但首先盘子必须放回架上。”

“当然了，达德利太太。”博士站起身，放下餐巾。“大家都好了吗？”他问。

在达德利太太的眼皮底下，西奥多拉从容地举起杯子，喝完剩下的咖啡，用餐巾擦了擦嘴，然后靠在椅子上。“绝妙的早餐。”她用开启谈话的口吻说，“这些盘子是这房子的一部分吗？”

“它们应该放在架子上。”达德利太太说。

“那玻璃器皿、银器和亚麻布呢？这些可爱的旧物。”

“亚麻布，”达德利太太说，“应该放在餐厅的亚麻布抽屉里。银器应该放在银器柜里。玻璃器皿应该放在架子上。”

“我们一定给你添了很多麻烦。”西奥多拉说。

达德利太太沉默不语。最后，她说：“我十点收拾餐桌。我一点钟摆好午餐。”

西奥多拉笑了，站起来。“开始，”她说，“开始，开始。让我们去打开那些门。”

他们顺理成章地从餐厅门开始，打开并用一把沉重的椅子顶住它。门后的房间是游戏室，西奥多拉刚才绊到的桌子是一张嵌入式象棋矮桌（“嗳，我昨晚怎么会忽视了它。”博士恼火地说）。房间的一头是牌桌和椅子，以及原本放着象棋棋子的高大橱柜，里边还有槌球和克里比奇纸牌计分板。

“令人愉快的地方，在这儿能无忧无虑地待上一个小时。”卢克站在门口注视着这个阴冷的房间。冰冷的绿色桌面郁郁寡欢地映在壁炉的深色瓷砖上，无处不在的木质镶板在这里也有，上边装饰着一系列运动图片，这些图片似乎完全是为了展现各种捕杀野生动物的方法，根本没让镶板显得活泼生动；在壁炉架上方，一个鹿头带着明显的尴尬表情俯视着他们。

“这里就是她们嬉戏的地方。”西奥多拉说，她的声音从高高的天花板上颤巍巍地反射回来。“她们来到这儿，”

她解释说，“是为了从房子其他地方的压抑氛围里解放出来。”鹿头悲伤地低头望着她。“那两个小女孩。”她说，“我们把挂在那儿的兽头放下来好吗？”

“我觉得它已经喜欢上你了，”卢克说，“自从你进来，它就没把目光从你身上移开过。我们从这房间出去吧。”

他们离开的时候把门顶住，然后走到前厅，房间开着门透出的光让前厅微微亮了起来。“等我们找到有窗的房间，”博士说，“我们就打开它；在那之前，我们先满足于打开正门吧。”

“你一直在想着小孩子们，”埃莉诺对西奥多拉说，“但我忘不了那个孤单的小陪伴，她走遍这些房间，想知道还有谁在房子里。”

卢克用力拉开高大的正门，把大花瓶滚过去顶住它。“新鲜空气。”他满怀感激地说。雨水和潮湿青草的温暖气味涌入前厅，有那么一小会儿他们就站在门口，呼吸着山屋外的空气。博士说：“现在这儿有你们都预料不到的东西。”他打开高大正门旁边的一扇小门，微笑着退开。“藏书室，”他说，“在塔楼里。”

“我不能走进那里。”埃莉诺说，她被自己吓了一跳。带着霉味和泥土味的冷空气扑面而来，她不知所措地向后退去。“我母亲——”她紧紧贴着墙壁，不知道自己想跟他们说什么。

“真的吗？”博士说，饶有兴味地注视着她，“西奥多拉？”西奥多拉耸了耸肩，走进藏书室，埃莉诺打了个寒战。“卢克？”博士说，不过卢克已经在里边了。从她站的地方，埃莉诺只能看见藏书室圆形围墙的一部分，还有一道铁制的窄楼梯通向上方，既然这是座塔楼，也许它会一直向上、向上、向上；埃莉诺闭上眼，听见远处传来博士的声音，在藏书室的石墙中显得空洞而沉闷。

“你们能看见上边阴影处的小活板门吗？”他问，“它通向外边的一个小阳台，很显然那就是人们普遍认为她上吊的地方——那个姑娘，你们记得。这无疑是个再合适不过的地方，我认为比起藏书来，这儿更适合自杀。人们推断她把绳子绑在铁栏杆上，然后只要迈步——”

“谢了，”西奥多拉在屋里说，“我完全能想象，谢谢你。就我自己而言，我很可能会把绳子固定在游戏室的鹿头上，但我猜她对塔楼有某种情结。在这个语境下，‘结’这个字可真不错，你们不觉得吗？”

“令人愉悦。”那是卢克的声音，更响了一点儿。他们正从藏书室出来，回到埃莉诺等候的前厅。“我想我会把这房间变成一间夜店。我要把乐队设在阳台上，舞女们将会从弯弯绕绕的铁楼梯上走下来；吧台——”

“埃莉诺，”西奥多拉说，“你现在好点儿了吗？那是个极其可怕的房间，你留在外边是对的。”

埃莉诺不再贴墙站着了，她双手冰冷，很想哭，但她只是转过身背对藏书室的门。博士用一摞书顶住门，让它开着。“我觉得待在这儿的时候我不会读很多书的，”她故作轻松地说，“如果这些书闻起来有种图书馆的味儿。”

“我没注意到有什么味道。”博士说。他探询地看着卢克，卢克摇了摇头。“古怪，”博士继续说，“这正是我们在寻找的那类事情。把它记下来，亲爱的，试着准确地描述它。”

西奥多拉感到很困惑。她站在门厅里，转身看向身后的楼梯，又转回来看了看正门。“这里有两个正门吗？”她问，“还是我搞混了？”

博士高兴地微微一笑，很显然他一直在盼着这样的问题。“这是唯一的正门，”他说，“就是你昨天进来的那道门。”

西奥多拉皱起眉头：“那为什么埃莉诺和我从卧室窗户看不到塔楼？从我们的房间望出去是房子的正面，可是——”

博士大笑着鼓掌。“终于，”他说，“聪明的西奥多拉，这就是为什么我想要你们在白天看这房子。过来，坐在台阶上听我给你们讲。”

他们听话地在台阶上坐好，抬头看着摆好授课姿势的博士，他的开场白很正式：“山屋最不寻常的特质之一就是它的设计——”

“狂欢节上的疯狂屋。”

“正是如此。你们有没有想过，为什么我们在找路时感到特别困难？一座普通的房子不会让我们四个过了这么长时间还如此混乱，我们一次又一次地开错门，想去的房间总是躲着我们。不要说你们，我也为此烦恼。”他叹了口气，点点头。“我猜想，”他继续说，“老休·克兰期望着，山屋有朝一日能成为名胜，就像加利福尼亚的温彻斯特神秘屋[1]，或是那些八角形房屋一样。要知道，是他亲手设计了山屋，我之前告诉过你们，他是个怪异的人。每个角度——”博士指了指门厅，“——每个角度都有微小的差别。休·克兰一定憎恶他人，以及他们的理性实用、方方正正的房子，因此他让房子合了自己的心意。那些角度在你们看来，是习以为常的直角，你们也确实有充分的理由预期是直角，而实际上它们却在某一条边上有几度的误差。比如，我敢肯定你们认为自己坐着的台阶是水平的，因为你们对不是水平的台阶没有心理准备——”

他们不自在地动了动，西奥多拉飞快地伸出一只手握住了楼梯扶手，就好像自己可能会摔下去。

---

〔1〕 位于美国加利福尼亚州的圣何塞，始建于1884年，停建于1922年。神秘屋规模庞大，在设计上非常怪异，共有约160个房间（其中包括40间卧室），47个壁炉，超过10000个玻璃窗格，17个烟囱，2个地下室和3部电梯。

“事实上，它们都非常轻微地向中央天井倾斜，走廊全都有一点儿歪斜。——顺便一提，这也许就是为什么房门只要不被顶住，就会自动关上。我怀疑今天早上，是不是你们两位女士走近的脚步扰乱了这些房门微妙的平衡。所有这些在尺寸上的细小偏差，自然会积少成多，造成这座房子整体上相当的扭曲变形。西奥多拉从她的卧室窗户看不到塔楼，因为塔楼实际上位于房子的一角。尽管从这里看去，塔楼似乎就在她房间外边，但从西奥多拉的卧室窗户是完全看不到它的。西奥多拉房间的窗户实际上比我们现在所处的位置还要往左十五英尺。”

西奥多拉无力地摊开双手。“天哪。”她说。

“我知道了，”埃莉诺说，“是门廊顶部误导了我们。我从窗户向外看，能看到门廊顶部，由于我来的时候直接走进房子，上了楼梯，我便以为正门就在正下方，尽管事实上——”

“你看见的只是游廊顶部，”博士说，“正门离得很远，从育儿室可以看见它和塔楼，那是在走廊尽头的一个大房间，今天晚些时候我们会见到它。这是——”他的声音带着黯然，“——建筑误导的一大杰作。香波城堡[1]的双旋梯——”

---

〔1〕 香波城堡位于法国，是法国文艺复兴时期建筑的极致，内部有著名的双旋梯，即两组独立的楼梯相互交错地围绕着一个共同的轴心，螺旋式地盘旋而上，同时上下楼梯的人不会碰面。

“那么所有东西都有点儿歪斜？”西奥多拉不确定地问，“这就是为什么这一切都给人混乱脱节的感觉？”

“当你回到一座真正的房子里会发生什么？”埃莉诺问，“我是说——一座——嗯——一座真正的房子？”

“肯定就像刚从船上下来。”卢克说。“在这儿待一段时间后，你的平衡感会变得扭曲，要过一阵子，你才能失去这种在船上的平衡能力，或者说是在山屋的平衡能力。会不会？”他问博士。“那些人们认为超自然的现象，实际上只是住在这儿的人稍许失衡的产物？跟内耳有关。”他机灵地告诉西奥多拉。

“这必定会在某种程度上对人们产生影响，”博士说，“我们已经养成了盲目信任自己的平衡感和理性的习惯，我能想象，人们的头脑可能会激烈地对抗一切显示倾斜的证据，以维持其熟悉的稳定模式。”他转过身去：“在我们前方还有奇景。”他们走下楼梯，跟上他，小心翼翼地走着，边走边检查着地面。他们走过狭窄的过道，来到昨晚待过的小会客室，让门在身后开着。他们由此进入外边的一圈房间，从这些房间望出去是游廊。他们把沉重的帷幔从窗户上拉开，外界的光亮进入了山屋。他们经过一间音乐室，一架竖琴纹丝不动地立在远处，他们的脚步落下时琴弦没有发出一点儿声响。一架三角钢琴的盖子紧紧地合着，上边有一个枝状大烛台，蜡烛从来没有点过。一张大理石面的桌子上放着玻璃罩着的蜡花，细腿椅子是镀金的。过了这房间是温室，高高的玻璃门为他们展示出外边的雨，蕨类植物带着潮气四处生长，长到柳条家具上边。这里潮湿得让人不舒服，他们迅速离开，穿过一个拱形门廊走进客厅，随即难以置信地停住了脚步，惊得目瞪口呆。

“这东西不存在，”西奥多拉无力地笑着说，“我不相信这东西真的存在。”她摇着头：“埃莉诺，你也看见它了吗？”

“怎么会……”埃莉诺不知所措地说。

“我还以为你们会喜欢它呢。”博士扬扬得意地说。

客厅的一整面墙都被一座大理石雕像挡住了，在淡紫色条纹壁布和印花地毯的映衬下，雕像显得体积巨大，风格怪异，而且不知怎的显得十分裸露苍白。埃莉诺举起手遮住眼睛，西奥多拉紧紧地挨着她。“我想，它可能是想呈现维纳斯从波浪中升起。”博士说。

“根本不是，”卢克说出了他的心声，“雕像上是圣方济各在治疗麻风病人。”

“不，不，”埃莉诺说，“其中有一个图案是条龙。”

“都不是，”西奥多拉迅速反对，“这是家族肖像，你们这些笨蛋，它是拼凑起来的。任谁都能马上看出来，中间的那个人，那个高个子，不着一物的——天哪！——男人，那是老休，他在赞颂自己，因为是他修建了山屋，伴随他的两位自然女神是两个女儿。右边那个像是在挥舞着麦穗的，实际上是在讲述她的官司，另一个在边上的小个子是那个陪伴的女孩，另一边的那个——”

“是达德利太太，栩栩如生。”卢克说。

“然后他们踩着的像草坪一样的东西，实际上应该是餐厅的地毯，只是增高了一些。还有人注意到餐厅的地毯了吗？看上去像是一大片干草，让你感到脚踝发痒。后方像是蔓延开来的苹果树一样的东西，那是——”

“象征着对这座房子的一种保护作用。”蒙塔古博士说。

“我不愿去想它有可能倒在我们身上，”埃莉诺说，“既然房子这么失衡，博士，会不会有可能发生这种事？”

“据我所知，这座雕像耗资巨大，建造者非常用心，使它能够抵消地面的不稳定状态。不管怎么说，在房子建成时，它就在房子里了，至今还未倒下。休·克兰有可能很欣赏它，甚至觉得它很美。”

“也有可能他用雕像来吓唬孩子们。”西奥多拉说，“要是没有它，这会是个多漂亮的房间啊。”她摇摆着转个圈。“一间舞厅，”她说，“提供给穿着长裙的淑女们，空间大得够跳一整场乡村舞。休·克兰，你愿和我共舞吗？”她向雕像行了一个屈膝礼。

“我相信他会接受的。”埃莉诺不由自主地退了一步。

“别让他踩了你的脚趾，”博士说着笑了起来，“记住唐璜遇到了什么事。”

西奥多拉胆怯地触摸着雕像，用手指抵住其中一个人像伸出的手。“大理石总是令人震惊，”她说，“它摸上去从来都不是你想象中的感觉。等身雕像看上去像极了真人，让你还以为能摸到皮肤呢。”说着，她又转个圈，独自跳着华尔兹，旋转着向雕像鞠躬，她在昏暗的房间里闪闪发着微光。

“在房间的尽头，”博士对埃莉诺和卢克说，“在那些帷幔后面，有几扇通往游廊的门；等到西奥多拉跳舞跳得发热，她有可能会一脚踏进更凉快的地方。”他穿过房间去把厚重的蓝色帷幔拉开，打开那几扇门。温暖的雨水味道又一次飘了进来，还有一阵风，有一股微风仿佛随之绕过雕像，轻触被粉饰的墙壁。

“这房子里的东西都一动不动，”埃莉诺说，“直到你移开目光，你就会用余光捕捉到什么。看看架子上的那些小雕像，我们都背朝它们的时候，它们在随着西奥多拉跳舞呢。”

“我在动。”西奥多拉一边说，一边转着圈舞向他们。

“玻璃罩下的蜡花，”卢克说，“还有流苏。我开始喜欢这房子了。”

西奥多拉猛扯了一下埃莉诺的头发。“看我们谁先绕游廊一圈。”她说着冲向那几扇门。埃莉诺顾不上犹豫或思考，就跟在她后边跑到游廊上。埃莉诺边跑边笑，她跑过游廊的一个转弯处，看到西奥多拉进了另一道门，突然停了下来，上气不接下气。她们这是跑进了厨房，达德利太太正从水槽那边转过身来，沉默地望着她们。

“达德利太太，”西奥多拉礼貌地说，“我们正在考察这房子。”

达德利太太的目光移向炉子上方架子上的时钟。“现在是十一点半，”她说，“我——”

“——一点钟摆好午餐。”西奥多拉说，“我们想要参观一下厨房，如果可以的话。刚才我们已经看了一楼所有其他房间。”

达德利太太一动不动地站了一会儿，接着默默点了点头，转过身，从容不迫地穿过厨房，走向位于另一侧的房门。她打开门时，她们能看到门后有一道台阶，达德利太太在登上台阶前转身把门关上。西奥多拉朝着那道门歪了歪头，等了一会儿才说：“我想知道在达德利太太心里，有没有为我留出一小块柔软的地方，我真想知道。”

“我猜她是去角楼把自己吊死。”埃莉诺说，“我们趁机看看午饭吃什么吧。”

“别动任何东西，”西奥多拉说，“你心里很清楚，盘子都应该待在架子上。你觉得那女人真会打算给我们做蛋奶酥吗？很明显这儿有个盛蛋奶酥的盘子，还有鸡蛋和起司——”

"这是个漂亮的厨房，"埃莉诺说，"在我母亲的房子里，厨房阴暗又狭小，在那儿做出来的饭菜根本谈不上色香味。"

"那你自己的厨房呢？"西奥多拉心不在焉地问，"在你的小公寓里？埃莉诺，看看那几扇门。"

"我不会做蛋奶酥。"埃莉诺说。

"看，埃莉诺。这扇门通往游廊，那扇门打开后是向下的台阶——我猜是通向地窖——那边还有一扇门也通往游廊，还有她用来上楼的那扇门，那边那扇——"

"也通往游廊，"埃莉诺说着打开它，"一间厨房里有三扇门通往游廊。"

"还有通向餐具室的门和通向餐厅的门。这位好心的达德利太太喜欢门，不是吗？她显然可以——"她们对视了一眼，"——飞快地离开这儿，去往任何方向，只要她愿意。"

埃莉诺突然转身走回游廊上。"我怀疑她是不是让达德利为她特别开出了几扇门。可能会有一扇门在她身后打开，她却浑然不知，我不懂她怎么会喜欢在这样的厨房里干活。真的，我想知道达德利太太在厨房里曾经遇到过什么，以至于她想确保不管她往哪个方向跑，都能找到一条出路。我想知道——"

"闭嘴吧，"西奥多拉亲切地说，"谁都知道，一个紧张的厨师可做不出好吃的蛋奶酥，而且她很可能正在台阶上听我们说话呢。从她的门里选一扇出去吧，然后让那扇门开着。”

卢克和博士正站在游廊上眺望草坪，再过去是房子的正门，感觉近得出奇。房子后边是雨中静默阴沉的群山，看上去几乎像是在头顶上。埃莉诺沿着游廊漫步，心里想着，她从没见过像这样被完全包围起来的房子。游廊像是一条系得很紧的腰带，她想，要是游廊脱落了，这房子会四下飞散吗？她走向她心目中最长的那一段游廊，然后就看到了塔楼。在她走过游廊转角的时候，几乎是毫无预警地，塔楼突然耸立在她面前。塔楼由灰色石头建成，怪异而结实，牢牢地卡在房子的木质立面上，并且被延续不断的游廊固定在那里。丑怪，她想，就算有一天这房子被烧毁了，塔楼仍将矗立在那儿，灰暗而令人生畏，也许时不时还会掉落一块石头，警告人们远离山屋的残垣断壁，猫头鹰和蝙蝠可能会飞进飞出，在下边的藏书中筑巢。在塔楼一半高的地方才开始出现几扇窗户，那只是在石头上开出的有一定角度的狭长切口，她想知道从那些窗户往下看会是什么样子，又想到她没敢进入塔楼。我永远也不会从那些窗户往下看，她想。她试图想象塔楼里狭窄的铁楼梯向上盘旋攀升的样子。塔楼最上方是一个圆锥形的木质屋顶，顶端是个木质塔尖。要是在其他任何房子里，木质屋顶都会显得可笑，但在这里却恰得其所。木质屋顶显出幸灾乐祸、满怀期待的模样，也许就在等着一个脆弱的生命从小窗户里偷溜出去，爬上倾斜的屋顶，直至塔尖，把一条绳子系起来打好结……

“你要摔倒了。”卢克说。埃莉诺倒吸一口气，她努力让自己的视线往下移，发现自己正紧紧抓着游廊的围栏，整个人向后仰倒。“在能把人迷倒的山屋里，别相信你的平衡力。”卢克说。埃莉诺深深呼吸，感到头晕目眩、摇摇欲坠，树木和草地仿佛都歪向一边，天旋地转，她努力在这个动摇的世界里稳住自己。这时，他抓住她，把她扶住。

“埃莉诺？”西奥多拉就在近旁，听见博士沿着游廊跑来的脚步声。“这该死的房子，”卢克说，“你得时时刻刻警惕它。”

“埃莉诺？”博士说。

“我没事。”埃莉诺摇着头说，她自己站住了，还有点儿不稳，“我向后靠着抬头去看塔尖，结果弄得头晕了。”

“我抓住她的时候，她站在那儿几乎歪向一边。”卢克说。

“今天早上我也有一两次那样的感觉，”西奥多拉说，“就好像我正沿着墙往上走。”

“带她进屋去，”博士说，“在屋里的时候感觉没这么糟。”

“我真的没事。”埃莉诺非常难为情地说，她迈着从容的步伐沿着游廊向正门走去，正门关着。“我以为我们把它打开了呢。”她说，声音稍微有点儿抖，博士走到她前边，把沉重的大门再次推开。房子里，大厅重归原样，他们打开的那些门都整齐地关好了。博士打开游戏室的门时，越过他，他们能看到通往餐厅的几扇门关上了，他们用来顶着其中一扇门的小凳子已经回到墙边的原位上。在化妆室、客厅、小会客室和温室里，门窗紧闭，帷幔拉拢，黑暗卷土重来。

“是达德利太太。”西奥多拉说，她跟在博士和卢克身后，他们从一个房间快速走到另一个，再次把房门开得大大的，找东西顶住它们，把窗前的帷幔拉开，让温暖潮湿的空气进来。“昨天埃莉诺和我刚走开，达德利太太就这么干的。她希望是她把它们关上，而不是碰巧路过看到它们自己关上，因为房门就该是关着的，窗户就该是关着的，盘子就该——”她开始傻笑起来，博士转过身，恼怒地对她皱眉。

“达德利太太最好明白她的身份。”他说，“我可以把这些门打开钉在墙上，要是我不得不这么做的话。”他转身走上通往他们那间小会客室的过道，猛地把门打开，发出一声巨响。“乱发脾气没什么好处。”他说，同时恶狠狠地朝门上踢了一脚。

“到会客室喝点儿餐前雪利酒吧。”卢克亲切地说，“女士们，请进。”

2

“达德利太太，”博士说着放下餐叉，“蛋奶酥做得绝妙。”

达德利太太转身向他微微致意，然后托着空盘走进厨房。

博士叹了口气，疲惫地动了动肩膀。“昨晚我整夜戒备，今天下午有必要休息一下，而你，”他对埃莉诺说，“睡上一个小时会对你有好处。也许有规律的午后休息会让我们大家都感觉更舒服。”

“我懂了，”西奥多拉被逗乐了，“我得去睡个午觉。等我回到家，这看上去会很好笑，不过我总可以告诉他们，这是我的山屋时间表上的一个环节。”

“也许我们晚上会失眠。”博士说。这时一股寒气掠过餐桌，让银器和瓷器的鲜亮色彩都变得暗淡，有一片阴云飘过餐厅，达德利太太随之而来。

“现在是两点五分。”达德利太太说。

3

尽管埃莉诺原本很想睡个午觉，她却没有睡。她待在绿房间里，躺在西奥多拉的床上，看着西奥多拉涂指甲，懒洋洋地聊着天。她不愿想到自己跟着西奥多拉走进绿房间，是因为不敢独自一人待着。

“我热爱装扮我自己，”西奥多拉一边说，一边深情地凝视自己的手，“我想把全身上下都涂上颜色。”

埃莉诺舒服地挪动了一下。“涂成金色。”她连想都没想就提议说，她的眼睛几乎闭上了，只能把西奥多拉看成是坐在地板上的一大块颜料。

“美甲，香水，浴盐，”西奥多拉仿佛正在讲述尼罗河畔的城市，“睫毛膏。你对这些东西琢磨得连一半都不到，埃莉诺。”

埃莉诺笑着，完全闭上了眼睛。“没时间。”她说。

“那好，”西奥多拉果断地说，“在我们共度的这段时间结束之前，你会变成一个不一样的人，我不喜欢跟没有色彩的女人待在一起。”她用笑声表示她是在开玩笑，然后接着说：“我想我要在你的脚趾甲上涂红色。”

埃莉诺也在笑，伸出她光着的脚。一分钟之后，在半睡半醒间，她感觉到刷子轻轻碰触她的脚趾甲，奇特冰凉的触感让她哆嗦了一下。

“像你这样的著名交际花，肯定很习惯于女仆的服侍。”西奥多拉说，“你的脚脏了。”

埃莉诺吃惊地坐起来看，她的脚是脏了，脚趾甲被涂成亮红色。“这糟透了，”她对西奥多拉说，“这太古怪了。”她想哭，接着看到西奥多拉脸上的表情，她又不由自主地笑了起来。“我去洗脚。”她说。

“天哪。”西奥多拉坐在床边的地板上，瞪着眼。“看，”她说，“我的脚也是脏的，宝贝，我说真的，看。”

“反正，”埃莉诺说，“我不喜欢别人在我身上弄这些。”

“你差不多是我见过的人里最疯狂的。”西奥多拉兴高采烈地说。

“我讨厌无助的感觉，”埃莉诺说，“我母亲——”

“你母亲要是还活着，看见你的脚趾甲涂成红色会很高兴的，”西奥多拉说，“它们看上去很不错。”

埃莉诺又看看她的脚。“这太古怪了，”她底气不足地说，“我是说——在我的脚上。红脚趾甲让我觉得自己看上去像个傻瓜。”

“你身上给人一种不知怎么混合在一起的傻气又古怪的感觉，”西奥多拉开始把她的工具收拾起来，“不管怎么说，我不会把它弄掉的，我们两个观察一下卢克和博士会不会先看你的脚。”

“不管我试着想说什么，你都能让它听起来像傻话。”埃莉诺说。

“或是疯话。”西奥多拉严肃地抬头看着她。“我有种预感，”她说，“你应该回家去，埃莉诺。”

她是在笑话我吗？埃莉诺猜想，她已经认定我不适合留在这儿了？“我不想走。”她说，西奥多拉飞快地又看了她一眼，然后移开目光，轻轻摸了摸埃莉诺的脚趾甲。“涂料干了。”埃莉诺说，“我是个傻瓜。我只是突然有点儿害怕。”她站起来，伸了个懒腰。“我们去找其他人吧。”埃莉诺说。

4

卢克百无聊赖地倚在二楼走廊的墙边，把头靠在一幅版画的金色边框上，画中是一座废墟。“我一直把这房子视为我未来的产业，”他说，“现在更是这么想，我总是告诉自己有一天它将属于我，虽然我不知道为什么会这样。”他向走廊的纵深方向做了个手势。“如果我热爱这些房门，”他说，“热爱镀金时钟或袖珍画，如果我想要拥有一个只属于自己的土耳其式四角靠枕，我肯定会把山屋看作美丽的仙境。”

“这是座美观的房子，”博士坚定地说，“房子建成的时候，人们肯定认为它非常精美。”他沿着走廊走到尽头处的一个大房间，那里曾是育儿室。“现在，”他说，“我们就能从窗户看到塔楼——”经过门口的时候，他打了个寒战，然后转过身，好奇地向后看：“门口好像有一股气流？”

“一股气流？在山屋里？”西奥多拉笑了起来，“除非你能让那些门有任何一扇不关起来。”

“那么，你们一个一个地走过来。”博士说。西奥多拉向前走去，经过门口的时候她扮了个鬼脸。

“就像一座坟墓的入口，”她说，“可屋里倒还挺暖和的。”

卢克走过来，经过“冷点”[1]的时候他迟疑了一下，接着就快步走出它的范围。埃莉诺跟在他后边，在短短两步之间，她就感到有一股刺骨的冰冷向她袭来，令人难以置信，感觉就像穿过一面冰墙，她问博士：“这是什么？”

博士高兴地拍着手。“你可以留着你的土耳其式四角靠枕了，我的孩子。”他说。他伸出一只手，小心地举在那个冰冷位置的上方。“他们没办法解释这个，”他说，“这正是坟墓的特质，就像西奥多拉指出的。波利教区长宅邸[2]里的‘冷点’只下降了十一度。”他心满意足地继续说：“这个，我想，比它冷得多。这儿是房子的心脏。”

西奥多拉和埃莉诺彼此站得更近了些。尽管育儿室很暖和，却有种不透气发霉的味道，在门口徘徊的寒气几乎看得见摸得着，仿佛是要想出门就必须穿越的一道屏障。在窗外，塔楼的灰色石头有种压迫感；在室内，房间十分阴暗，沿着墙边装饰的动物图案不知怎的看上去全无欢欣之意，它们仿佛是被人捉到这里，或是和游戏室里体育图片中的垂死的鹿有点儿血缘关系。育儿室比其他卧室都要

---

〔1〕“冷点”（cold spot）是指在某个特定区域内温度突然下降，相信存在幽灵的一派人声称，这表示在该区域内有超自然或灵异现象。

〔2〕波利教区长宅邸是英国维多利亚时代一座著名的“鬼屋”，建于1862年，1939年在一次火灾中遭到严重破坏，于1944年被拆毁。

大，有种难以形容的疏于照管的感觉，山屋其他地方都没有这种感觉。有个念头从埃莉诺的脑海里划过，也许就连勤于打理的达德利太太，在非必要情况下也不愿穿越那道冰冷的屏障。

卢克已经退回去，穿过了冷点，他正在检查走廊的地毯，接着是墙壁，他拍着墙面，仿佛希望能发现造成这种异样寒冷的原因。"这不可能是一股气流，"他抬头望着博士说，"除非他们的通风管道直通北极。不管怎么说，这些全都是实心的。"

"我想知道谁在育儿室住过。"博士跑题地说，"你觉得会不会孩子们刚一离开，他们就把它关起来了？"

"看。"卢克指着某个地方说。在育儿室门前上方，走廊的两角各嵌着一个露齿而笑的动物头像，很明显，本意是让它们作为育儿室入口的欢快装饰品，不过它们并不比屋里的动物更欢欣，更无忧无虑。它们扭曲的笑容被永久地固定下来，各自的视线在走廊的一处交汇，并锁定在那里，就是那不怀好意的冰冷的中心。"当你站在它们能看见你的地方，"卢克解释说，"它们就会把你冻住。"

博士好奇地走到走廊上，和他并肩而立，抬头向上看。"别把我们单独留在这儿。"西奥多拉说着跑出育儿室，拉着埃莉诺穿过"冷点"，那感觉就像是挨了一记快速的耳光，或是近距离被人吹了一口寒气。"是个用来冰啤酒的好地方。”她说，冲咧嘴笑的头像吐了吐舌头。

“我得详细记录这件事。”博士开心地说。

“它不像是一种客观存在的冰冷，”埃莉诺笨拙地说，因为她不是很确定自己想要表达什么，“我感到它是有预谋的，就好像有什么东西想给我一次不友好的惊吓。”

“这是因为那些头像，我猜。”博士说，他正匍匐在地上，感觉着什么。“卷尺和温度计，”他自言自语，“用粉笔勾出范围，也许到晚上会更冷？一切都会变得更糟。”他望着埃莉诺说：“如果你想象有什么东西正看着你。”

卢克迈步穿过“冷点”，打了个寒战，然后关上育儿室的门。他几乎是跳着回到走廊上其他人身边的，仿佛他觉得只要不碰到地面就能避开寒气。育儿室的门一关上，他们立刻就发现这里变得愈发阴暗，西奥多拉不安地说：“我们下楼去小会客室吧，我能感到那些大山在逼近我们。”

“五点多了，”卢克说，“鸡尾酒时间。”他对博士说：“我猜，今晚你还愿意让我给你调一杯鸡尾酒吧？”

“苦艾酒加得太多了。”博士说着一边跟上他们，一边还依依不舍地回头看着育儿室的门。

5

“我提议，”博士说着放下餐巾，“我们去小会客室喝咖啡。我感到那里的炉火令人十分愉悦。”

西奥多拉咯咯地笑："达德利太太已经离开了，所以我们可以飞快地跑来跑去，打开所有的门窗，把所有东西都从架子上拿下来——"

"她不在这里的时候，连房子看上去都不一样了。"埃莉诺说。

"更空荡了。"卢克看着她，点了点头。他正往托盘上摆咖啡杯，博士已经走过去，执拗地把那些门打开，用东西顶住。"每天晚上我都会突然意识到，只有我们四个留在这儿。"

"尽管就做伴而言，达德利太太也起不了什么作用。不过可笑的是，"埃莉诺低头看着餐桌说，"我和你们任何一个人一样不喜欢达德利太太，但我母亲永远不会允许我像这样站起来走人，而把桌子留到明天早上再收拾。"

"如果她想在天黑之前离开，就只能早上收拾餐具，"西奥多拉无甚兴趣地说，"我肯定是不会去收拾的。"

"留下杯盘狼藉的餐桌走开，这样不太好。"

"反正你也不能把它们归到正确的架子上，而她为了清除你的指纹，还得重新收拾一遍。"

"如果我只是把银器拿去浸在水里——"

"别，"西奥多拉抓住她的手说，"你想一个人去那间四面都有门的厨房吗？"

"不，"埃莉诺说着放下她已经抓到手里的几把餐叉，

“我觉得我不想，真的。”她迟疑了一会儿，不自在地看着餐桌、皱巴巴的餐巾和卢克座位旁边洒落的红酒，摇了摇头：“不过，我不知道我母亲会对此说什么。”

“快点儿，”西奥多拉说，“他们给我们留着灯呢。”

小会客室里的炉火十分明亮，西奥多拉在咖啡托盘旁边坐下，与此同时，卢克从橱柜里拿出白兰地，昨晚他把它小心地放在那里。“我们必须让自己保持好心情，不惜任何代价。”他说，“今晚我会再次向你挑战，博士。”

用晚餐之前，他们四处寻找舒服的座椅和台灯，把楼下其余的房间洗劫一空，现在他们的小会客室无疑是房子里最舒适的房间了。“山屋对我们真算是不错，”西奥多拉说着递给埃莉诺一杯咖啡，埃莉诺心满意足地坐到一张柔软的厚座椅子上，“埃莉诺不用洗盘子，大家能彼此做伴度过一个愉快的夜晚，而且说不定明天会是个晴天呢。”

“我们得计划一下我们的野餐了。”埃莉诺说。

“我会在山屋里变得又胖又懒的。”西奥多拉接着说。她一再提起山屋的名字，这让埃莉诺感到不安。就好像她有意要这么说，埃莉诺想，告诉这房子她知道它的名字，告诉这房子我们在哪儿，这是不是色厉内荏的表现？“山屋，山屋，山屋。”西奥多拉轻声说，望着埃莉诺微微一笑。

“告诉我，”卢克礼貌地对西奥多拉说，“既然你是一位公主，给我讲讲在你的国家里政治局势如何？”

“非常动荡。”西奥多拉说，“我逃跑是因为我父亲，当然也就是国王，坚持要我嫁给觊觎王位的布莱克·迈克尔。而我自然无法忍受布莱克·迈克尔的样子，他戴着一只黄金耳环，用一根短马鞭抽打他的侍从官们。”

“简直是世界上最动荡不安的国家，”卢克说，“你竟然能逃得出来？”

“我伪装成一个挤奶女工，藏在一辆运草马车里出逃。他们从没想过要在那儿找我，然后我用藏在伐木人小屋里的假证件越过了边境。”

“布莱克·迈克尔无疑已经通过一场政变接管了你的国家？”

“毫无疑问。他可以拥有它。”

这就像是在牙医诊所候诊的时候，埃莉诺一边想一边从咖啡杯上方望向他们；你在牙医诊所候诊，听其他病人彼此开着大胆的玩笑，而你们所有人迟早都要面对牙医。她突然抬起头，注意到博士就在她近旁，她犹豫地笑了笑。

“紧张吗？”博士问，埃莉诺点了点头。

“这只是因为我在想将会发生什么事。”她说。

“我也是。”博士拉过一张椅子，坐在她旁边，“你觉得有什么事——不管是什么——很快就要发生？”

“是。一切都好像在等待着。”

“而他们——”博士冲西奥多拉和卢克点了点头，他俩正在笑话对方，“——在用他们的方式迎接它，我想知道它对我们大家会有什么影响。要是在一个月前我会说，我们四个一起坐在这房子里，像这样的情形绝对不会成真。”埃莉诺注意到他没有直呼房子的名字。“我已经等了很长时间。”他说。

“你觉得我们留下是对的吗？”

“对的？”他说，“我觉得我们留下简直是难以置信的愚蠢。我觉得在这样的环境下，它能找出我们每个人的缺陷、过错和弱点，在短短几天里让我们分崩离析。我们只有一个自卫手段，就是逃跑。至少它没法跟着我们，不是吗？当我们感到自己的生命受到威胁，我们可以离开，就像我们来的时候那样。而且，”他干巴巴地加了一句，“得用我们最快的速度。”

“但我们事先已经得到了警告，”埃莉诺说，“而且我们是四个人在一起。”

“我已经跟卢克和西奥多拉谈过这个，”他说，“你一定要答应我，如果你开始感到这房子试图抓住你，你就会用最快的速度离开。”

“我答应你。”埃莉诺微笑着说。他在努力让我勇气倍增，她想，心里十分感激。“不过，我没事，”她告诉他，“真的，我没事。”

“我会毫不犹豫地把你赶走，”他说着站起身来，“如果有这个必要。卢克？”他说：“请女士们原谅，我们要失陪了。”

在他们摆放棋盘和棋子的时候，西奥多拉把杯子拿在手里，在房间里四处踱步。埃莉诺想，她的举动就像某种动物，又紧张又警惕；只要空气中有一丝骚动不安的气息，她就没法静静地坐着；我们全都心神不宁。“过来坐在我身边。”她说，西奥多拉闻言走过来，动作优雅地绕到座椅前。她坐到博士之前坐过的那张椅子上，疲倦地把头向后靠。她多可爱，埃莉诺想，她是多么的轻率，又是多么的幸运呀。“你累了吗？”

西奥多拉转过头来，微笑着：“我受不了再等下去了。”

“我刚才还在想，你看上去多放松啊。”

“而我刚才想的是——那是什么时候？前天？——我在想我怎么会动身来这儿。我可能是想家了。”

“这么快就想家了？”

“你有没有思考过‘想家’这件事儿？如果你家就是山屋，那你会想它吗？那两个小女孩被带走的时候，她们为这黑暗阴森的房子哭过吗？”

“我从来没去过什么地方，”埃莉诺小心地说，“所以我猜我从来没想过家。”

“那现在呢？你的小公寓？”

“也许，”埃莉诺望着炉火说，“我拥有它还没多久，还没法确信它是我的。”

“我要我自己的床。”西奥多拉说。埃莉诺想，她又开始愠怒了，每当她饿了、累了或是感到乏味，她就会变成一个孩子。“我困了。”西奥多拉说。

“十一点多了。”埃莉诺说，当她转头去看象棋比赛的时候，博士带着胜利的欢欣喊了一声，卢克笑了起来。

“怎么样，先生，”博士说，“怎么样，先生。”

“赢得漂亮，我得承认。”卢克说。他开始把棋子收起来放回盒子里。“我带一点儿白兰地上楼没关系吧？让我能睡着，或是借酒壮胆，或是某个类似的理由。事实上——”他冲着西奥多拉和埃莉诺微笑，“——我打算熬夜，读一会儿书。”

“你还在看《帕梅拉》吗？”埃莉诺问博士。

“第二卷，我还有三卷要读，然后开始读《克拉丽莎·哈洛》[1]，我想，也许卢克愿意借去——”

“不用了，谢谢。”卢克慌忙说，“我有一行李箱的悬疑故事书。”

博士转身环视四周。“我看看，”他说，“炉火已经挡上，灯都关了。把门留着让达德利太太早上去关吧。”

---

〔1〕 也是塞缪尔·理查森的小说，出版于 1748 年，被认为是最长的英语小说。

他们一个跟着一个，疲倦地走上中央楼梯，边走边关上身后的灯。“顺便问一句，每个人都有手电筒吗？”博士问，他们点点头，黑暗如潮水般跟着他们涌上山屋的楼梯，使他们更加急切地想要进入梦乡。

“大家晚安。”埃莉诺说着打开蓝房间的门。

“晚安。”卢克说。

“晚安。”西奥多拉说。

“晚安。”博士说，“睡个好觉。”

6

“来了，母亲，来了。”埃莉诺边说边摸索着开灯，“没关系，我就来。”埃莉诺，她听见，埃莉诺。“来了，来了。”她不耐烦地喊，“一分钟，我就来。”

“埃莉诺？”

然后她想起来了：我是在山屋里。极度的震惊让她清醒过来，浑身冰冷，哆哆嗦嗦地下了床。

“怎么了？”她大声呼喊，“怎么了？西奥多拉？”

“埃莉诺？到这儿来。”

“来了。”没时间开灯了，她踢歪了一张桌子，对发出的响声感到吃惊，接着用极短的时间打开了连接隔壁的浴室门。那不是桌子倒下的声音，她想，那是我母亲在捶墙。幸运的是西奥多拉房间里亮着灯，西奥多拉坐在床上，她的头发睡得乱成一团，她的双眼因为突然惊醒而圆睁着。我看起来一定也是这样，埃莉诺想，然后说："我在这儿，怎么了？"接着她听见了那个声音，第一次清楚地听见，尽管她从醒来就一直听到它。"这是什么？"她低声说。

她慢慢地在西奥多拉的床脚坐下，惊讶于自己内心的镇静。好了，她想，好了。这只是一种声音，还有可怕的寒冷，可怕的，可怕的寒冷。这声音从走廊的远端传来，在育儿室的房门附近，还有可怕的寒冷，这不是我母亲在捶墙。

"有什么东西在敲那些门。"西奥多拉用一种就事论事的口吻说。

"仅此而已。而且它是在走廊的另一端。卢克和博士很可能已经在那儿了，去看发生了什么事。"一点儿都不像我母亲捶墙的声音，我又在做梦了。

"砰砰。"西奥多拉说。

"砰。"埃莉诺说，然后咯咯地笑了起来。我很镇静，她想，但是太冷了。那声音只是一种敲门的砰砰声，一声接着一声，这就是我之前怕得要命的东西吗？"砰"是最合适的字。它听上去像是小孩做出来的事，而不是母亲捶着墙寻求帮助，而且不管怎样，卢克和博士在那儿。这就是他们所说的让人感到寒意蹿过背脊的事情吗？这种声音让人不适，你的胃里开始像波浪起伏一般，忽上忽下，就像某种活物。像某种活物，是的，像某种活物。

“西奥多拉，”她闭上双眼，咬紧牙关，双臂环抱住自己，“它越来越近了。”

“只是一种响声。”西奥多拉说，然后靠近埃莉诺，紧贴她坐着，“它有回声。”

它听上去，埃莉诺想，像一种空心的声响，一种空心的撞击声，仿佛什么东西在用一只铁茶壶、一根铁棒或一只铁手套砸门。先是规则地砸上一分钟，然后突然变轻，接着又是急促的一阵撞击，好像是在走廊的另一端有规律地从一扇门移动到另一扇门。她觉得她能远远听到卢克和博士的声音，在楼下的什么地方呼喊。那么他们根本就不在楼上和我们在一起，她想，然后她听到铁器撞击一扇门的声音，一定离得很近。

“也许它会继续前进，到走廊的另一头去。”西奥多拉小声说。埃莉诺觉得，这场难以形容的经历里最奇怪的部分就是西奥多拉也参与其中。“不。”西奥多拉说，她们听到撞击走廊对面房门的声音。这声音更大，震耳欲聋，它撞上她们隔壁的房门了，（它是来来回回地横穿走廊移动吗？它是踩着地毯，用双脚走路吗？它是举起一只手来撞门吗？）埃莉诺从床上跳起来，跑到门前，用双手抵住门。“走开，”她狂暴地喊，“走开，走开！”

外面一片寂静，埃莉诺的脸贴在门上，心想，我已经干下了蠢事，它正在寻找有人的房间。

寒冷悄悄涌上，把她们紧紧箍住，它充斥整个房间，甚至满溢而出。在这样的寂静中，任何人都会以为山屋的房客们睡得正香。埃莉诺听到了西奥多拉牙齿打战的声音，这声音太过突然，以至于她猛地转过身，然后便笑了起来。“你真是个大小孩儿。”她说。

“我冷，”西奥多拉说，“冷得要命。”

“我也是。”埃莉诺把绿色被子扔给西奥多拉，然后拿起西奥多拉暖和的睡袍，穿在身上，“现在你暖和点了吧？”

“卢克在哪儿？博士在哪儿？”

“我不知道。现在你暖和点了吧？”

“没有。”西奥多拉哆嗦着说。

“我等下就出去，到走廊上喊他们，你——”

它又开始了，就好像刚才在聆听，等着听她们的声音和她们说的话，以此来辨认她们，来了解她们有没有做好对抗它的准备，等着听她们有没有害怕。铁器突然开始撞击她们的房门，埃莉诺跳回床边，西奥多拉倒吸一口气，惊叫了一声，她们两个都满怀恐惧地抬高了视线，因为敲击的位置是在房门的上沿，比她们两个够得着的位置都高，比卢克或博士够得着的位置还高。不管门外到底是什么东西，从它那里袭来一阵阵令人恐惧、使人怯弱的寒冷。

埃莉诺一动不动地站着，望着房门。她有点不知道如何是好，尽管她坚信自己的思维有条有理，没有特别惊恐，在她最为可怕的噩梦里，她想象自己肯定要比现在惊恐得多。比起声音，让她更为不安的是寒冷，就连西奥多拉暖和的长袍都毫无用处，她背上仿佛缠绕着冰冷的细小手指。也许明智的做法是走过去打开门，在博士看来，也许那只是纯粹的科学探索。埃莉诺心里明白，但她的双脚把她尽可能地带离门口，她的手不愿抬起来去握住门把手。她用一种客观、超然的态度告诉自己，没人能握住那个把手，它天生就不适合被人握住。她的身体曾经有些摇晃，对房门的每一下撞击都让她往后退一点儿，可现在她不动了，因为响声在逐渐变弱。“我要向看门人抱怨一下电暖气的事。”西奥多拉在她身后说，“它是不是快要停下了？”

“没有，”埃莉诺有点儿想吐，“没有。”

它找到了她们。既然埃莉诺不打算开门，那么它将会用自己的方式进来。埃莉诺大声说：“现在我知道人们为什么会尖叫了，因为我想我马上就要叫起来了。”西奥多拉说：“如果你尖叫那我也尖叫。”然后她大笑起来，这让埃莉诺迅速转身回到床边，她们抱住对方，沉默地聆听着。沿着门框传来微弱的拍打和摸索的声音，它触探着房门的边缘，试着找路溜进来。门把手被轻轻地抚摸，埃莉诺悄声问：“门锁了吗？”西奥多拉点点头，随后她睁圆了眼睛，转头望向连接浴室的门。“我的也锁上了。”埃莉诺贴着她的耳朵说。西奥多拉闭上眼，松了口气。黏黏糊糊的细小声音继续沿着门框移动，接着，外边的那个东西仿佛突然涌上一阵怒气，撞击又开始了，埃莉诺和西奥多拉看见房门的木板颤抖震动，想要脱离合页。

“你别想进来。”埃莉诺狂暴地说。外边再次安静下来，就好像这房子正在聆听她的话，并且听懂了，带着嘲讽表示愿意等待。随着穿过房间的一股微风，传来一种尖细的窃笑声和一种逐渐升高的疯狂笑声，再是一声最细微不过的轻笑，埃莉诺听得毛骨悚然。接着，一阵得意扬扬的笑声越过她们，环绕这房子，然后她就听到博士和卢克从楼梯那边传来的呼喊声，接下来，令人庆幸的是，它终于结束了。

真正安静下来之后，埃莉诺颤抖地喘着气，行动僵硬。“我们紧紧抓着对方，就像一对走失的孩子。”西奥多拉说着松开她抱着埃莉诺脖子的胳膊，“你穿着我的睡袍。”

“我忘了穿上自己的。它真的结束了吗？”

“至少今天晚上是的。”西奥多拉肯定地说，“你看不出来吗？你不觉得又暖和起来了吗？”

令人厌恶的寒冷已经离去，除了埃莉诺在看着房门的时候，背上那一丝战栗还能引发她的回想。她开始用力解开睡袍的带子，之前被她系了个很紧的死扣，然后说道：“极度寒冷是受到惊吓时的症状之一。”

“极度惊吓才是我的症状之一。”西奥多拉说，“卢克和博士来了。”他们的声音在外边走廊上响起，讲得很快，带着焦虑，埃莉诺把西奥多拉的长袍扔在床上，说：“上帝保佑，别让他们敲响那扇门——再有一下敲门声我就要完了。”然后她跑进自己的房间去拿自己的睡袍。她能听到身后的西奥多拉告诉他们等一下，然后把门锁打开，接着卢克用亲切的声音对西奥多拉说：“怎么了，你看上去像是见了鬼。”

埃莉诺走回去的时候注意到卢克和博士都已经穿戴整齐了，这让她想到，今后这也许是个好主意。如果那个极冷的东西到晚上还会来，那么它将会看到，埃莉诺穿着羊毛外衣和厚毛衣入睡，不管达德利太太发现至少有一位女性房客穿着笨重的鞋子和羊毛袜躺在干净床上的时候会怎么说，她都不在乎。“那么，”她问，“绅士们在这座闹鬼的房子里住得怎么样？”

“非常好，”卢克说，“非常好。它让我有了借口，能在半夜喝一杯。”他拿着白兰地酒瓶和玻璃杯，埃莉诺觉得他们真是个善于交际的小团体，四个人坐在西奥多拉的房间里，在凌晨四点喝着白兰地。他们讲话又轻又快，飞快地、好奇地彼此偷看，每个人都想知道，其他人身上有没有潜藏的恐惧被发掘出来了，表情或姿态有没有变化，有没有某个未设防的弱点可能已经将人引上通往毁灭之路。

“我们在外边的时候，这里有没有发生什么事？”博士问道。

埃莉诺和西奥多拉互相看了看，笑了起来，到最后这变成了真心实意的笑容，没有一点儿歇斯底里或害怕的影子。片刻之后，西奥多拉谨慎地说：“没什么特别的。有人用一个加农炮弹敲门，接着试图进来吃掉我们，我们拒绝开门之后，它开始拼命大笑。但是没有什么真正不同寻常的事。”

埃莉诺好奇地走过去，把门打开。“我以为这扇门会被砸得粉碎，”她困惑地说，“可门板上连一道刮痕都没有，其他房门上也没有，它们都光滑得很。”

“它没有损伤这些木质工艺真是太好了，”西奥多拉边说，边向卢克伸出她的白兰地杯子，“如果这座亲爱的老房子受到伤害，我可受不了。”她冲埃莉诺笑了笑，“内莉[1]差点儿就尖叫了。”

“你也是。”

“根本不会，我这么说只是为了给你做伴。何况，达德利太太已经说过她不会来的。我们的男子汉守护者，你们那时候在哪儿？”

“我们在追逐一条狗，”卢克说，“至少是某种像狗的动

〔1〕 埃莉诺的昵称。

物。”他顿了一下，然后不情愿地继续说：“我们跟着它到了外边。”

西奥多拉瞪着眼，埃莉诺说：“你是说它之前在屋子里？”

“我看见它从我门前跑过，”博士说，“仅仅瞥见一眼，它就飞快地溜走了。我叫醒卢克，我们跟着它下楼，到了外边的花园，然后在房子后边某个地方把它跟丢了。”

“正门开着吗？”

“不，”卢克说，“正门关着。其余的门也关着。我们检查过了。”

“我们徘徊了好一阵子，”博士说，“我们完全没想到女士们也醒了，直到听到你们的声音。”他严肃地说：“我们有一件事没有考虑到。”

他们困惑地看着他，他用自己的授课风格，一一掰着手指解释说：“第一，很明显，卢克和我比女士们醒得早，我们起床四处走动，屋里屋外，折腾了两个多小时，我们被引入歧途，进行了一场说得上是徒劳无功的追逐。第二，我们两个都没——”他边说边探询地看了卢克一眼，“——听见楼上有任何声音，直到你们开始说话，之前非常安静。也就是说，捶打你们房门的声音是我们听不到的。当我们放弃了警戒，决定上楼去的时候，我们显然是赶走了等在你们门外的东西，不管那是什么。现在，由于我们一起坐在这里，一切就安静下来了。”

“我还是不懂你是什么意思。”西奥多拉皱着眉头说。

“我们必须采取预防措施。”他说。

“防什么？怎么防？”

“卢克和我被引到屋外，而你们两位被关在屋内，这难道不像是——”他的声音非常轻，“——这难道不像是，意图用某种方法把我们隔开吗？”

第五章

1

埃莉诺看着镜中的自己，明亮的晨光让一切都显得鲜艳起来，就连山屋的蓝房间也不例外。她心想，这是我在山屋的第二个早晨，我快活得简直难以置信。恋人的相遇终结了行程。我度过了一个几乎未眠的夜晚，我说了谎，也犯了傻，空气的味道就像红酒一样醉人。我差点儿被吓得魂不附体，但不知怎的却赢得了这样的快乐，我等它已经等了好久。她一直以来的信念都是，如果提起幸福，幸福就会消散，如今这个信念却被她抛掉了。她对着镜子里的自己微笑，默默地告诉自己：你很快活，埃莉诺，你终于获得了属于你自己的那份幸福。她移开目光，不再看镜中自己的脸，下意识地想，恋人的相遇终结了行程，恋人的相遇。

“卢克？”是西奥多拉，她在走廊上喊，“昨晚你拿走了我一条丝袜，你是个偷东西的无赖，我希望达德利太太能听见我说的话。”

埃莉诺能模模糊糊地听到卢克在回答，他抗议说一位绅士有权留下淑女的馈赠之物，并且他十分肯定达德利太太能听见每一个字。

“埃莉诺？”西奥多拉使劲拍着连接两个房间的门，“你醒了吗？我能进来吗？”

“当然，请进。”埃莉诺看着镜中的自己。这是你应得的，她告诉自己，你用你的一生换来了它。西奥多拉打开门，高兴地说：“今天早上你看起来多漂亮，我的内尔[1]。这种古怪的生活适合你。”

埃莉诺对她微笑，这种生活很显然也适合西奥多拉。

“按理说，我们应该带着黑眼圈和疯狂的绝望表情走来走去，”西奥多拉用一只胳膊环住埃莉诺，在她旁边照着镜子，“可看看我们——两个青春焕发的漂亮小姑娘。”

“我三十四岁了。”埃莉诺说，某种难以名状的反抗心理让她给自己加了两岁。

“可你看起来就像十四岁。”西奥多拉说，“来吧，我们赢得了吃早餐的权利。”

她们笑着从中央楼梯跑下，穿过游戏室，走进餐厅。

---

〔1〕 也是埃莉诺的昵称。

“早上好，”卢克欢快地说，“大家睡得怎么样？”

“很愉快，谢谢，”埃莉诺说，“我睡得就像个婴儿。”

“也许有过一点儿响动，”西奥多拉说，“但在这些老房子里，这是可以预料的。博士，我们今天早上干点儿什么？”

“嗯？”博士抬起头说。只有他看上去有点疲倦，但他的眼睛也被同样的光彩点亮，就像他们在彼此身上发现的一样。这是兴奋之情，埃莉诺想，我们全都自得其乐。

“巴勒钦别墅，”博士细细品味着自己的一字一句，“波利教区长宅邸，格拉米斯城堡。我正在经历这样的事，简直难以置信，绝对难以置信，我以前绝不会相信。你们这些真正的通灵者感到的微小的喜悦，我开始模模糊糊地理解了。我想用点儿果酱，如果你方便递给我的话，谢谢。我太太永远不会相信我。食物有了一种新的滋味——你觉得吗？”

“我在想，这会不会只是因为达德利太太超越了自身的厨艺。”卢克说。

“我一直在试着回忆，”埃莉诺说，“我是说昨晚的事。在回忆中我知道自己被吓坏了，但我没法想象我真的被吓坏了——”

“我记得那寒冷。”西奥多拉说着打了个寒战。

“我想这是因为，用我所习惯的任何思维方式来看，昨天晚上的事情都太不真实了，我是说，它没有任何道理。”

埃莉诺说完笑了起来，有点儿难为情。

“我同意。”卢克说，“今天早上我发现我在告诉自己昨晚发生了什么，事实上，这和做噩梦正相反，在后者的场合你会一直告诉自己它没有真的发生。”

“我觉得它很令人兴奋。”西奥多拉说。

博士举起一根手指警告她：“也许这全都是地下水引起的，这很有可能。”

“那么就应该把更多房子建在隐秘的泉水之上。”西奥多拉说。

博士皱起眉头。“这种兴奋感让我担心，”他说，“当然，它令人陶醉，但它会不会也很危险？它是不是山屋的气氛造成的一种影响？是不是我们——可以说是——中了法术的第一个信号？”

“那我就是一位被施了魔法的公主。”西奥多拉说。

“不过，”卢克说，“如果昨晚就是山屋的真本事，那我们不会遇到很大困难。当然，我们被吓坏了，而且很不喜欢我们所经历的，但我记得我不曾感到任何有形的危险。即使西奥多拉说在她门外的什么东西想要进来吃掉她，听起来也不是真正——”

“我知道她指的是什么，”埃莉诺说，“因为我觉得这样表达是最恰当不过的。那感觉是它想要消解我们，把我们纳入它自身，让我们成为房子的一部分，也许——哦，天啊。我以为我知道自己在说什么，但我表达得太糟了。”

“不存在有形的危险。”博士肯定地说，“在与幽灵相关的漫长历史上，没有幽灵曾对人造成过有形伤害，仅有的那些伤害都是受害者自己造成的；甚至不能说幽灵攻击人们的头脑，因为头脑、意识、思维是无法被伤害的。当我们坐在这儿讨论的时候，我们所有人的意识里都没有一丁点儿相信幽灵的存在。即使经历了昨晚的事情，我们每个人说出‘幽灵’这个词的时候，都还是带着一丝不由自主的笑意。不，超自然力量的威胁在于它攻击现代人心灵最软弱的地方，在那一处，我们抛弃了用迷信制成的护甲，却没有可供替代的防御手段。我们没有人在理智上相信，昨晚跑过花园的是幽灵，敲门的是幽灵，但很显然昨晚山屋里发生了什么。头脑本能的避难机制——自我怀疑——也不起作用。我们不能说‘这是我的想象’，因为还有三个人也在那儿。”

“我能说，”埃莉诺笑着插嘴，“你们三个都是我的想象，这些都不是真的。”

“如果我认为你真的相信那句话，”博士严肃地说，“今天早上我就会把你赶出山屋。你的心理状态会太过危险，以至于用一种姐妹般的亲切去欣然迎接山屋的凶险事物。”

“他是说他会认为你疯了，亲爱的内尔。”

“嗯，”埃莉诺说，“我想我会的。如果我不得不拥护山屋，对抗你们，那么我会希望你把我赶走的。”为什么是我，她心里琢磨着，为什么是我？我代表大众的良知吗？人们总是期待我用冷言冷语说出其他人因骄傲自大而不愿承认的事情？我就该是最软弱的吗，比西奥多拉软弱？在我们所有人里，她想，我肯定是最不可能转而对抗其他人的那个。

“恶作剧鬼则完全是另一回事，”博士说，他的目光在埃莉诺身上短暂地停留了一下，“它们只和现实世界打交道，它们扔石头、移动物件、砸盘子。波利教区长宅邸里的福伊斯特太太是个坚忍的妇女，但当她最好的茶壶被扔出窗外的时候，她终于大发雷霆。不过，恶作剧鬼处在超自然世界的社会底层，它们有破坏力，但是没有头脑，没有主见，它们只是一种没有特定目标的力量。你们还记得，”他带着一丝微笑问道，“奥斯卡·王尔德《坎特维尔的幽灵》中的可爱故事吗？”

“美国的双胞胎击垮了高贵的英国老幽灵。”西奥多拉说。

“正是如此。有种看法我一直很喜欢，即美国的双胞胎实际上是一种恶作剧鬼现象；很显然恶作剧鬼能让任何比它更有趣的灵异现象相形失色，低等幽灵驱逐高等幽灵。”然后他高兴地拍了拍手，“它们也驱逐其他一切事物。”他加了一句：“在苏格兰有一座庄园，恶作剧鬼多得成灾，一天内能发生多达十七起自燃火灾。恶作剧鬼喜欢把床掀翻，粗暴地把人从床上闹起来，我记得有一位牧师遇到的情况是，恶作剧鬼每天都往他头上扔从竞争对手的教堂里偷来的赞美诗，他饱受折磨，被迫离家。”

突然间，毫无来由地，埃莉诺的心中充盈着笑声；她想跑到桌子的上首去拥抱博士，她想哼着曲子，摇摇晃晃地横穿延展的草坪，她想唱歌，想大喊，想猛地摆动双臂，用强有力的动作围着山屋的各个房间转圈。我在这儿，我在这儿，她心里想着。她满怀喜悦，飞快地闭上眼睛，然后故作矜持地对博士说：“今天我们做什么？”

“你们就像一群孩子，”博士说，也带着微笑，“总是问我今天做什么。你们就不能自己去跟玩具玩儿？或者大家一起玩儿？我有工作要做。”

“我真正想做的——”西奥多拉咯咯笑着说，“——是顺着楼梯扶手滑下去。”令人兴奋的快活劲头也俘虏了她，就像俘虏了埃莉诺一样。

“捉迷藏。”卢克说。

“别一个人在这儿徘徊太久，”博士说，“我想不出一个好理由去解释这个，但是这看上去很明智。”

“因为森林里有熊出没。”西奥多拉说。

“阁楼上还有老虎。”埃莉诺说。

“塔楼里有个老巫婆，客厅里有一条龙。”

“我是很严肃的。”博士大笑着说。

“现在是十点。我收拾——”

“早上好，达德利太太。”博士说，埃莉诺、西奥多拉和卢克向后靠上椅背，不由自主地大笑起来。

“我十点收拾桌子。”

“我们不会让你久等的，也就十五分钟，拜托，你就能收拾桌子了。”

“我十点收拾桌子，一点摆好午饭，六点摆好晚餐，现在是十点。”

“达德利太太，”博士严厉地开口，然后他看见卢克的脸紧绷着，正强忍着不发出笑声，于是他拿起餐巾捂住眼睛，做出了让步，“达德利太太，你可以收拾桌子了。”博士断断续续地说。

他们大笑的声音在山屋的厅廊间欢快地回响着，一直传到客厅里的大理石群像、楼上的育儿室和塔楼的奇特小尖顶那里，他们沿着过道走到小会客室里，跌坐在椅子上，仍然大笑着。“我们不应该拿达德利太太开玩笑。”博士说，他倾身向前，脸埋在双手间，双肩抖动着。

他们笑了好长时间，时不时地吐出只言片语，试着告诉别人什么事，胡乱地互相指着。他们的笑声震动了整个山屋，直到他们浑身酸痛地向后躺倒，筋疲力尽地望着彼此。“现在——”博士开口说，随即被西奥多拉爆发出的一阵咯咯笑声打断了。

“现在，”博士更加严厉地再次开口，他们全都安静了，“我想再喝点儿咖啡，”他的语气带着恳求意味，“大家都想吧？”

“你是说直接去问达德利太太？”埃莉诺问。

“在既不是一点也不是六点的时候直接走过去找她，只是问她要一点儿咖啡？”西奥多拉追问。

“大致上说，是的。”博士说，“卢克，我的孩子，据我观察你已经成了达德利太太的红人——”

“这样无中生有的事情，”卢克吃惊地问，“你的观察从何而来呢？达德利太太有多厌恶没有好好摆在架子上的盘子，就有多厌恶我。在达德利太太眼中——”

“你毕竟是房子的继承人，”博士巧言哄骗他，“达德利太太对你的感觉肯定就像年老的家仆对待年轻的主人。”

“在达德利太太眼中，我的地位比掉在地上的餐叉还低。我求你了，如果你在考虑向那个老傻瓜提什么要求，让西奥去，或是我们迷人的内尔。她们不怕——”

“不，”西奥多拉说，“你不能让一位无助的女性去降服达德利太太。内尔和我在这儿是受保护的，而不是为你们这些懦夫坚守城垛。”

“那博士——”

“荒谬。”博士发自肺腑地说，“你肯定不会想让我这个老年人去吧。不管怎样，你知道她极喜欢你。”

“傲慢的长者，”卢克说，“为一杯咖啡就把我牺牲掉。不要惊讶，我得恶毒地说，如果为了这件事情失去你的卢克，你可不要惊讶。也许达德利太太还没吃上午的餐前点心，而且她完全能吃得下一份‘面拖卢克里脊’，或是‘海鲜盅’，全看她的心情。如果我没回来，”他在博士的鼻子底下摇着一根手指警告说，“我恳请你用最严肃的怀疑眼光来看待你的午餐。”他夸张地鞠了一躬，走出房间关上了门，仿佛要去斩杀巨人。

“可爱的卢克。”西奥多拉舒服地伸了个懒腰。

“可爱的山屋。”埃莉诺说，“西奥，屋畔花园里有个像小凉亭一样的地方，杂草丛生，昨天我看见的。今天上午我们能不能去考察一番？”

“非常乐意。”西奥多拉说，“我不愿错过参观山屋每一寸土地的机会。不管怎么说，今天天气太好了，不能待在屋里。”

“我们会叫卢克也一起去，”埃莉诺说，“你呢，博士？”

“我的笔记——”博士刚开口说话，紧接着就住了口，房门突然打开了，埃莉诺脑中只有一个念头，就是卢克终究不敢面对达德利太太，却一直站在门外，靠在门上等待。接着，她看见卢克苍白的脸色，听见博士带着怒气说：“我打破了自己的第一条规矩，我让他一个人去了。”她发现自己只能急切地问：“卢克？卢克？”

“我没事，”卢克甚至微笑了一下，“但你们得到长廊来。”

大家震惊于他的脸色、他的声音和他的微笑，都默默地站起来，跟着他走出房间，进入通往前厅的黑暗长廊。“这儿。”卢克说，当埃莉诺看到他把一根点着的火柴举向墙壁时，一种令人不适的战栗感从她背上蜿蜒爬了下去。

“这是——笔迹？”埃莉诺一边问，一边靠得更近去看。

“笔迹。”卢克说，“我回来的时候才看见它。达德利太太说不是。”他补充说，声音绷得紧紧的。

“我的手电。”博士从口袋里掏出手电筒，从长廊一头缓缓走向另一头，在手电的光照下，那些字母清晰可见。“粉笔，”博士上前一步用指尖触摸一个字母，“用粉笔写的。”

字迹很大，又十分凌乱，本该看见的，埃莉诺想，这就像是坏孩子们乱涂在篱笆上的字迹。不过，它真实得出奇，在走廊厚厚的镶板上弯弯折折地写成。字母从走廊的一头写到另一头，即使她贴着对面的墙站立，字母还是大到几乎难以辨认。

“你能读出来吗？”卢克轻轻地说，博士一边移动他的手电，一边慢慢地读道：“救救埃莉诺回家。[1]”

“不。”埃莉诺想说的话被卡在嗓子里，在博士读出来的时候她也看到了自己的名字。是我，她想，是我的名字

---

〔1〕 原文是“HELP ELEANOR COME HOME”。

被涂在那里，又显眼又清晰，我不该出现在这房子的墙上。“请把它擦掉，拜托。”她说，并感觉到西奥多拉环抱住她的肩膀。“这太疯狂了。”埃莉诺不知所措地说。

“确实疯狂，好了。”西奥多拉有力地说，“回屋去，内尔，然后坐下。卢克会找东西把它擦掉。”

“但这太疯狂了，”埃莉诺说着，畏缩地去看墙上她的名字，“为什么——”

博士态度坚决地领她走进小会客室，然后关上门。卢克已经开始用他的手帕去擦那句话。“现在听我说，”博士对埃莉诺说，“只因为你的名字——”

“正是这样，”埃莉诺注视着他说，“它知道我的名字，不是吗？它知道我的名字。”

“你能不能闭嘴？”西奥多拉使劲摇晃她，“它有可能写上任何人的名字，它知道我们所有人的名字。”

“是你写的吗？”埃莉诺转向西奥多拉，“请告诉我——我不会生气或是怎样，我只想知道——也许这只是个玩笑？就为了吓唬我？”她祈求地看着博士。

“你知道不是我们写的。”博士说。

卢克走进来，用手帕擦着手，埃莉诺满怀希望地转过身来。“卢克，”她说，“是你写的，对吗？在你出去的时候？”

卢克盯着她，然后走过去坐在她椅子的扶手上。“听着，”他说，“你希望我到处去写你的名字吗？在树上刻下你姓名的首字母？在小小的碎纸片上写满‘埃莉诺，埃莉诺’？”他轻轻地拽了一下她的头发。“我可没这么不理智，”他说，“请放尊重一点儿。”

“那为什么是我？”埃莉诺说着从一个人看向另一个。我出局了，她疯狂地想，我是被选中的那个。她用恳求的语气，飞快地说：“跟大家比起来，我做了什么更吸引它注意的事吗？”

“没做什么，亲爱的。”西奥多拉说。她站在壁炉旁，靠在壁炉架上，轻敲着手指，她说话的时候带着灿烂的笑容看向埃莉诺，“也许是你自己写的。”

埃莉诺气得几乎喊了起来：“你以为我想看见自己的名字被涂满这座邪恶的房子？你以为我喜欢成为人们关注的中心？要知道，我不是被宠坏的孩子——我不喜欢被单独挑出来——”

“它在寻求帮助，你注意到没有？”西奥多拉轻快地说，“也许可怜的陪伴小姑娘的灵魂终于找到了一种沟通手段，也许她只是在等待某个单调乏味、胆小羞怯的——”

“也许它只写给我，是因为任何求援都不可能穿过你们用自私自利铸成的铜墙铁壁；也许我在一分钟里的同情和理解比——”

“但是当然，也许，这是你写给自己的。”西奥多拉又说。

博士和卢克早已遵从男人看到女人吵架时的礼节，退出了谈话，在一片令人苦恼的沉默中紧紧地站在一起。这时，卢克终于上前一步，开了口。“够了，埃莉诺。”他说，这简直令人难以置信，埃莉诺跺着脚，一个急转身。“你怎么敢？”她气喘吁吁地说，“你怎么敢？”

然后，博士笑了起来，她盯着他，然后又盯着卢克，卢克正微笑着看她。我是怎么了？她想，那么——他们觉得西奥多拉是故意让我气得发狂，这样我就不会太过害怕，被人这样诱导，我多么丢脸啊。她捂住脸，坐到椅子上。

“内尔，亲爱的，”西奥多拉说，“我很抱歉。”

我必须说点儿什么，埃莉诺告诉自己，毕竟，我必须显示出我是个输得起的人，输得起的人，让他们觉得我为自己感到惭愧。“我很抱歉，”她说，“我太害怕了。”

“当然你会害怕。”博士说。埃莉诺想，他多单纯，多易懂啊，他相信他听到的所有蠢事。他甚至以为，西奥多拉通过打击我，使我不再歇斯底里。她冲他微笑，心想，现在我回到“羊圈”里了。

“我真以为你就要开始尖叫了。”西奥多拉走过来，跪在埃莉诺的椅子旁边说，“如果我是你，我就会尖叫。但我们可不能让你垮掉，你知道的。”

我们可不能让西奥多拉以外的任何人处于舞台中央，埃莉诺想。就算埃莉诺将会成为局外人，她也要一个人出局。她伸出手拍了拍西奥多拉的头，说：“谢谢。我猜我有那么一小会儿不太稳定。”

“我在想你们两个会不会动起手来，”卢克说，“直到我意识到西奥多拉在做什么。”

笑意沉入西奥多拉明亮、愉快的眼中。埃莉诺想，可西奥多拉在做的完全不是这么回事。

2

时间在山屋里懒洋洋地流逝。无论是埃莉诺和西奥多拉，还是博士和卢克，都被连绵的群山环绕着，被牢牢地固定在这座房子温暖、黑暗的舒适环境里，尽管他们都警惕着可能降临的恐怖，但还是度过了平静的一天一夜——也许，这足以让他们变得迟钝一点。他们共同用餐，达德利太太的厨艺仍旧无可挑剔。他们一起聊天，下象棋；博士读完《帕梅拉》，开始读《查尔斯·格兰迪森爵士》〔1〕。他们感到特别需要独处一段时间，便在各自的房间里单独度过了几个小时，没有受到任何干扰。西奥多拉、埃莉诺和卢克实地察看了房子后边杂乱的灌木丛，找到了小凉亭，与此同时，博士坐在宽阔的草坪上写东西，就在他们视力和听力所及范围内。他们找到了一个四面围墙、野草丛生

---

〔1〕 全名是《查尔斯·格兰迪森爵士的历史》，是塞缪尔·理查森的一部书信体小说，1753 年 2 月首次出版。

的玫瑰园，还有达德利夫妇悉心照料的一片菜园。他们经常谈起如何安排他们在小溪边的野餐。凉亭附近有野生的草莓，西奥多拉、埃莉诺和卢克摘回了满满一手帕，他们躺在草坪上，在离博士不远的地方吃草莓，沾得手上和嘴上都是。像一群孩子，博士愉快地从他的笔记中抬起头来，对他们说。他们每个人都漫不经心地写了一份记录，没怎么注意细节，记录的内容是迄今为止他们认为自己在山屋里看到和听到的东西，博士把这些记录收在他的公文包里。第二天早上——他们在山屋度过的第三个早上——博士在卢克的协助下，用了一个小时的时间，充满热情又万分恼火地趴在二楼走廊的地板上，努力用粉笔和卷尺来确定"冷点"的精确尺寸，同时埃莉诺和西奥多拉盘腿坐在地上，一边记录博士的测量结果，一边玩着井字棋[1]。博士在工作中遇到了极大阻碍，因为他的双手反复地受到严寒的侵袭，以至于他每次握住粉笔或卷尺的时间都超不过一分钟。站在育儿室门里的卢克能握住卷尺的一头，直到他的手进入"冷点"区域，然后手指就会失去力量，不由自主地松开。扔到"冷点"中心的温度计完全没有显示出任何变化，而是继续固执地显示，那里的温度和走廊其他地

〔1〕 井字棋，英文名叫 Tictac-toe，是一种在 3×3 格子上进行的连珠游戏，原理和五子棋类似，由于棋盘一般不画边框，格线排成井字而得名。

方的温度是一样的，这让博士对考察波利教区长宅邸的统计学家产生了愤怒之情，因为他们捕捉到了十一度的温差。等到他尽最大努力界定了“冷点”的范围，把结果记在笔记本上之后，他带他们下楼去用午餐，并向他们发出了一个挑战——在凉爽的下午和他一起打槌球。

“这太愚蠢了，”他解释说，“把这样一个灿烂的上午都用来盯着地板上那块冷冰冰的地方。我们必须得计划一下，把更多的时间用于户外。”当他们大笑起来的时候，他感到有点儿惊讶。

“在外边什么地方还有个世界吗？”埃莉诺疑惑地问。达德利太太为他们做了桃子脆饼，埃莉诺低头看看她的盘子，然后说：“我敢肯定达德利太太晚上会去另一个地方，每天早上她都带回多脂奶油，而达德利每天下午带着日用品出现，但就我的记忆而言，此外就没有什么别的地方了。”

“我们在一座荒岛上。”卢克说。

“我无法想象山屋以外的世界。”埃莉诺说。

“也许，”西奥多拉说，“我们应该在一根树枝上刻记号，或是把鹅卵石堆成一小堆，每天加一个，由此我们能知道被困了多少天。”

“没有来自外界的只言片语是多么舒心啊。”卢克取了巨大的一堆掼奶油，“没有信件，没有报纸，有可能正在发生任何事。”

“不幸的是——”博士说，然后停下了。“对不起，”他接着说，“我只是想说来自外界的消息将会到达我们这里，当然这根本不是什么不幸。蒙塔古太太——换言之，我的妻子——周六会到这里。”

“可周六是哪天？”卢克问，“当然，很高兴能见到蒙塔古太太。”

“后天。”博士想了想，“对，”过了片刻，他说，“我相信后天是周六。当然，我们会知道那天是周六，”他眨了眨眼，“等蒙塔古太太来到这儿的时候。”

“我希望她别对晚上撞门的东西抱有太大期望，”西奥多拉说，“山屋没有兑现它原本的承诺，我想。又或许，迎接蒙塔古太太的会是一连串的通灵体验。”

“蒙塔古太太，”博士说，“会做好万全准备来迎接它们。”

“我想知道，”西奥多拉对埃莉诺说，他们在达德利太太警惕的目光中离开午餐桌，“为什么一切都这么平静。我觉得这种等待让人神经紧张，几乎比发生事情还要糟。”

“不是我们在等，”埃莉诺说，“是房子。我想它正在等待时机。”

“等到我们安下心来，也许，它就会突然袭击。”

“我想知道它能等多久，”埃莉诺打了个寒战，走上中央楼梯，“我差点儿就忍不住想给我姐姐写封信了。你知道的——‘我正在舒适的老山屋里度过非常美妙的时光……’”

“‘你真的必须计划一下，明年夏天带全家来玩儿，’”西奥多拉接着说，“‘每天晚上我们盖着毛毯睡觉……’”

“‘这里的空气令人神清气爽，尤其是二楼长廊里……’”

“‘你一刻不停地四处走动，为自己还活着感到庆幸……’”

“‘每分钟都有什么事情发生……’”

“‘现代文明看上去是那么遥远……’”

埃莉诺笑了起来，她走在西奥多拉前边，已经走到楼梯顶端。他们让育儿室的门开着，因此这天下午，幽深的走廊变得明亮了一些，阳光透过靠近塔楼的几扇窗子，照在地板上博士的测量卷尺和粉笔上。彩色玻璃窗把光线反射到楼梯平台上，在走廊的深色木材上形成蓝色、橙色和绿色的破碎光点。“我要去睡一会儿，”她说，“我一辈子都没这么懒过。”

“我要躺在床上，梦见有轨电车。”西奥多拉说。

在房间门口迟疑一下，在进屋之前快速扫视一圈，这已经成了埃莉诺的习惯；她告诉自己，这是因为房间实在蓝得吓人，总是需要片刻时间来适应。她进屋后会穿过房间去开窗，她发现它们总是关着的；这天她刚走到一半，就听见西奥多拉的房门砰的一声打开，她的声音如窒息一般：“埃莉诺！”埃莉诺迅速跑到走廊上，跑向西奥多拉房间门口，然后她停下脚步，从西奥多拉肩膀上方望进去，目瞪口呆。“那是什么？”她低声说。

“它看上去像什么？”西奥多拉狂乱地提高声调，“它看上去像什么，你这傻瓜？”

她这句话，我也不会原谅，埃莉诺在一片混乱中想到了这一点。“看上去像是油漆，”她犹豫着说，“除了——”，随即她意识到，“——除了味道很难闻。”

“是血。”西奥多拉斩钉截铁地说。她紧紧扒住房门，死盯着看，身子随着房门晃动。“血，”她说，“到处都是。你看见了吗？”

“我当然看见了，而且它没有到处都是。别这么大惊小怪。”不过，要是让埃莉诺凭良心说，西奥多拉实际上不算是大惊小怪。总有那么一天，她想，我们两个人里会有一个人仰起头，号啕大哭起来，我希望那不会是我，因为我在努力防止它发生；那会是西奥多拉……然后，她冷静地问：“墙上还有更多字迹吗？”接着她便听到西奥多拉疯狂的笑声。她心想，也许最终仍会是我，我可不能让事情变成这样。我必须沉着一点儿。她闭上眼，发现自己正无声地念着：听呀，那边来了你的情郎，嘴里吟着抑扬的曲调。不要再走了，美貌的亲亲，恋人的相遇终结了行程……[1]

---

〔1〕 出自莎士比亚《第十二夜》第二幕第三场，译文引自朱生豪译《第十二夜》，人民文学出版社 2012 年 11 月版。

“对，真的还有，亲爱的。”西奥多拉说，“我不知道你是怎么挺过来的。”

每个聪明人全都知晓。[1]“清醒一点儿。”埃莉诺说，“叫卢克来。还有博士。”

“为什么？”西奥多拉问，“这难道不是一个专为我准备的惊喜吗？一个只属于我们两人的秘密？”接着她甩开了埃莉诺，埃莉诺试图抓住她，不让她走到房间里边去。西奥多拉跑向大衣柜，猛地拉开门，然后开始痛哭。“我的衣服，”她说，“我的衣服。”

埃莉诺稳稳地转身走向楼梯。“卢克，”她把身子俯在楼梯扶栏上喊，“博士。”她的声音不大，她也尽力让它保持平稳，但她听见博士的书掉在地上，接着是他和卢克跑向楼梯的急促脚步声。她望着他们，看到他们忧虑的表情，她对大家心中的不安感到惊讶，这种不安就潜伏在表层之下，这让他们每个人看上去似乎都总在等着其他人的呼救声。智慧和理解真的起不了任何保护作用，她想。“是西奥，”当他们登上楼梯时，她说，“她有点儿歇斯底里。有人——有什么东西——在她房间里涂了红色油漆，她在哭她的衣服。”在这种情形下，我讲得再清楚不过了，她一边

〔1〕出自莎士比亚《第十二夜》第二幕第三场，译文引自朱生豪译《第十二夜》，人民文学出版社 2012 年 11 月版。

想，一边转身跟上他们。我还能讲得更清楚一点儿吗？她问自己，然后才发现自己在微微笑着。

西奥多拉仍在她房间里狂乱地抽泣，一边哭一边暴怒地踢着衣柜门，这场景也许还有点儿可笑，如果她不是抱着一件黄衬衫的话，衬衫乱得打了结，还染了色；其他衣服已经被她从衣架上扯了下来，揉成一团，杂乱地躺在衣柜底部，它们全都污迹斑斑，被染成红色。“这是什么？”卢克问博士，博士摇着头说：“我想发誓说这是血，但要想弄到这么多血，差不多只能去……”然后大家突然安静下来。

所有人都沉默地站了片刻，看着写在西奥多拉床铺上方墙纸上的像在颤抖的红字：救救埃莉诺回家埃莉诺〔1〕。

这回我准备好了，埃莉诺告诉自己，然后说：“你最好带她离开这儿，带她去我的房间。”

“我的衣服都毁了，”西奥多拉对博士说，“你看见我的衣服的样子了吗？”

气味令人作呕，墙上湿淋淋的字迹滴落下来，四处飞溅。有一行从墙上滴落到衣柜上——也许一开始就是它把西奥多拉的注意吸引到那个方向——绿色地毯上有一大块不规则的污点。“这真恶心，”埃莉诺说，“请把西奥带到我

---

〔1〕 原文是 HELP ELEANOR COME HOME ELEANOR。

的房间去。”

站在她们之间的卢克和博士说服西奥多拉穿过浴室，走进埃莉诺的房间，而埃莉诺则望着红色油漆（这一定是油漆，她告诉自己，这只能是油漆，它还能是别的什么呢？）大声说：“但这是为什么？”然后她抬头注视着墙上的字迹。此地长眠者，她潇洒地想，声名血上书[1]，也许我现在的状态也不是很有逻辑?

“她还好吗？”她在博士回到房间时转身问他。

“很快她就会好了。我觉得，我们得让她搬去和你住一阵子，我想她不会愿意在这儿睡觉了。”博士微微一笑，面带愁容，“我想，她会有很长一段时间没法自己去打开一扇门。”

“我猜她只能穿我的衣服了。”

“我猜她是的，如果你不介意的话。”博士好奇地看着她，“这次不像上次那样令你心烦意乱吗？”

“因为这次太傻了。”埃莉诺一边说，一边努力体会自己的情绪，“我一直站在这儿看着它，苦思不得其解。我是说，它就像一个失败的笑话，我本应比现在害怕得多，但我没有，因为这简直是太恐怖了，以至于显得不像真的。

---

〔1〕 这句话改编自英国诗人济慈的著名诗句“此地长眠者，声名水上书”。

而且我总是想起西奥涂红色指甲油的样子……”她咯咯笑了起来，博士犀利地看了她一眼，但她却接着说：“它也有可能是油漆，你不觉得吗？”我没法让自己住口，她想，在整个事件里我有什么好解释的呢？“也许我没法认真对待它，”她说，“在我看到西奥为了她可怜的衣服尖叫，并指控是我把自己的名字写满她的墙之后。也许我已经习惯了她什么事都怪在我头上。”

“没有人把任何事怪在你头上。”博士说，埃莉诺却感到自己受到了责备。

“我希望我的衣服对她来说足够好。”她讥讽地说。

博士转身环视房间，他小心翼翼地用一根手指轻触墙上的字，用脚拨开西奥多拉的黄衬衫。“稍后，”他心不在焉地说，“也许明天。”他瞥了埃莉诺一眼，微微一笑：“我能照着它画一幅准确的素描。”

“我可以帮你，”埃莉诺说，“它让我不舒服，但它不会吓坏我。”

“好。”博士说，“不过，我想我们最好暂时把房间锁起来，我不想让西奥多拉再误入这里。晚些时候，我有空的时候就可以研究它。而且，”他带着一丝兴味说，“我也不想让达德利太太进去清理。”

埃莉诺沉默地看着他反锁上通往走廊的门，然后他们穿过浴室，他把通向西奥多拉房间的浴室门锁上。“我会去安排加一张床，”他说，然后又有点儿笨拙地说，“你很好地保持了理智，埃莉诺，对我很有帮助。”

“我告诉过你，它让我不舒服，但它不会吓坏我。”她满意地说，然后转向西奥多拉。西奥多拉躺在埃莉诺的床上，埃莉诺看见西奥多拉两只手上都沾了红色，还蹭到了她的枕头上，胃里一阵恶心。“你瞧，”她一边严厉地说，一边走向西奥多拉，“你得穿我的衣服了，直到你买了新衣服，或是我们把其他那些洗干净。”

“洗干净？”西奥多拉痉挛似的在床上翻滚，把她被染污的双手压在眼睛上，“洗干净？”

“天哪，”埃莉诺说，“我来给你洗掉。”她觉得自己从来没有这么无法控制地厌恶一个人，她也没有深究其中的原因。然后，她走进浴室，浸湿一块毛巾，粗暴地擦洗西奥多拉的双手和脸。“这些东西让你变得好脏。”她说，不情愿地碰触西奥多拉。

西奥多拉突然朝她微微一笑。“我并不真的认为是你干的。”她说。埃莉诺转过身，看见卢克在她身后，正低头看着她们。“我真是个傻瓜。”西奥多拉对他说，卢克笑了起来。

“你穿上内尔的红毛衣一定赏心悦目。”他说。

她真邪恶，埃莉诺想，残忍、堕落、肮脏。她把毛巾拿进浴室，泡在冷水里。当她出来的时候，卢克正说道：

“……另一张床放在这里，从现在开始你们两个姑娘要共用一间房了。”

“共用一间房，共用衣服。”西奥多拉说，“我们简直要变成双胞胎了。”

“表姐妹。”埃莉诺说，但是没人听见她的话。

3

“这种习俗曾经被严格遵守，”卢克晃着玻璃杯里的白兰地说，“在公开行刑之前，刽子手会在牺牲品的肚子上用粉笔描画出他的刀路——以防失手，你知道的。”

我想用棍子打她，埃莉诺一边想，一边低头看看西奥多拉，她的头就在埃莉诺的椅子旁边。我想用石头砸她。

“一种非常精细的行为，精细。因为很显然，如果牺牲品很怕痒的话，那么粉笔描边就会让他难以忍受，很折磨人。”

我恨她，埃莉诺想，她让我恶心。她从头到脚都洗干净了，正穿着我的红毛衣呢。

“不过，如果是绞刑，处刑者……”

“内尔？”西奥多拉抬头看向她，微微一笑，“我真的很抱歉，你知道的。”

我想看着她去死，埃莉诺想，然后也冲她微笑着说：“别说傻话。”

“在‘苏菲派’[1]中有一种教义，说宇宙其实从未被创造出来，因此也无从被毁灭。我用了一个下午，”卢克郑重宣布，“浏览我们的小藏书室。”

博士叹了口气。“我想，今晚我们不下象棋了吧。”他对卢克说，卢克点点头。“让人精疲力竭的一天，”博士说，“我觉得女士们应该早点休息。”

“等白兰地让我的脑子变得特别迟钝，我才会走。”西奥多拉坚决地说。

“恐惧，”博士说，“是对逻辑和理性模式的自愿放弃。我们或是向它投降，或是与它斗争，但没有折中的办法。”

“我之前在想，”埃莉诺说，不知为何，她感到自己好像该向所有人道歉，“我以为自己很冷静，但现在我知道了，我其实非常害怕。”她皱起眉头苦苦思索，他们都等她接着说下去。“在我很害怕的时候，我也能看到世界美好、理智、不令人惧怕的一面。我能看到桌椅和窗户好好地保持原状，丝毫不受影响，我能看到地毯上精心编织的纹理这一类的东西，全都纹丝不动。但在我害怕的时候，我和这些东西就一丁点儿联系都没有了。我猜这是因为东西不会害怕。”

“我想，我们害怕的只是我们自己。”博士缓慢地说。

---

〔1〕 伊斯兰神秘主义派别的总称，亦称苏菲神秘主义。

“不，”卢克说，“是害怕毫不掩饰地看清我们自己。”

“害怕知道我们真正想要的是什么。”西奥多拉说。她把脸颊贴在埃莉诺的手上，埃莉诺却不喜欢她的碰触，匆忙地把手抽出来。

“我总是害怕孤独。”埃莉诺说，然后她感到疑惑——我怎么会这么说呢？我是在说一些明天就会让我后悔不迭的话吧？我还要给自己冠上更多的罪名吗？“那些字迹拼出了我的名字，你们没有人知道那是什么感觉。它是那么熟悉。”她几乎是恳求地向他们做了一个手势。“请试着理解，”她说，“这是我亲爱的名字，它属于我，而有什么东西正在用它，在写它，在用它召唤我，我自己的名字……”她停下来，看着他们每一个人，甚至低头看向西奥多拉仰望着她的脸，然后说：“你们瞧，世界上只有一个我，而这就是我的全部。我不愿看着自己溶化、脱落和分解，导致我活在半个我——我的头脑——之中，看着另外半个我是那么的无助、狂乱和被动，却没法阻止这一切。我知道我不会真的受到伤害，可时间太长了，连一秒钟都长得没完没了，我只有投降才能受得了——”

“投降？”博士尖锐地说，埃莉诺盯着他看。

“投降？”卢克重复了一句。

“我不知道。”埃莉诺不知所措地说。我刚才一直在说个不停，她告诉自己，我在说某件事——我刚才在说什么？

“以前她也这样过。”卢克对博士说。

“我知道。”博士严肃地说，埃莉诺能感觉到他们都在注视着她。“我很抱歉，”她说，“我是不是让自己看起来像个傻子？很有可能是因为我累了。”

“没关系，”博士说，他仍然很严肃，“把你的白兰地喝了。”

“白兰地？”埃莉诺低下头，发现自己拿着一杯白兰地。“我说了什么？”她问他们。

西奥多拉窃笑着。“喝吧，”她说，“你需要它，我的内尔。”

埃莉诺顺从地呷了一口白兰地，清晰地感觉到它带来的尖锐灼痛，然后对博士说：“我肯定说了什么傻话，才让你们全都盯着我。”

博士笑了起来：“别再争当众人瞩目的焦点了。”

“虚荣心。”卢克平静地说。

“非得大出风头不可。”西奥多拉说。他们全都怜爱地微笑着，看着埃莉诺。

4

埃莉诺和西奥多拉坐在靠在一起的两张床上，她们伸出手，紧紧地相握。房间里是一片浓重的黑色，冷得让人受不了。直到那天早上，隔壁的房间还属于西奥多拉，现在从那里传来了一种低沉平稳、喋喋不休的语声，语声特别低沉，难以辨清内容，又特别平稳，让人无法质疑。埃莉诺和西奥多拉的手握得太紧，都能感觉到对方的骨头了，她们倾听着，那低沉、平稳的语声持续不断，有时那声音为了强调一个含糊的词语而提高，有时又跌落成一声喘息，一直不曾停歇。接着，毫无征兆地响起了一阵笑声，咯咯的轻笑声穿透了喋喋不休的语声，逐渐升高，不断放大，最后在一声痛苦的倒吸气中戛然而止，而语声继续下去。

西奥多拉手握的力道放松了，又再次加紧，埃莉诺在那阵声音中曾有片刻昏昏欲睡，现在她被惊动了，她看向黑暗中西奥多拉所在的地方，然后惊愕地想，怎么这么黑？怎么这么黑？她翻过身去，用她的双手抓住西奥多拉的手，想要说话却说不出来。尽管又黑又冷，她还是坚持着，努力让头脑清醒起来，努力恢复思考。我们没有关灯，她告诉自己，怎么会这么黑？西奥多拉，她试着低声说，但她的嘴巴动不了；西奥多拉，她想问，怎么这么黑？而那语声继续下去，喋喋不休，低沉平稳，那是一种流利的沾沾自喜的声音。如果她躺着一动不动，也许能分辨出一些词语，如果她躺着一动不动，然后听着，听着，听那永不停息的语声。她拼命地紧紧握住西奥多拉的手，感到一股力道回应在她自己的手上。

接着，那种咯咯的轻笑声又出现了，它那逐渐上升的疯狂声响淹没了语声，突然间，万籁俱寂。埃莉诺深吸了一口气，不知道她现在是不是可以说话了，随即她就听见一种令人心碎的轻柔的哭声，那是一种无穷无尽的伤心哭泣，一种饱含悲伤的动人呜咽声。那是个孩子，她难以置信地想，在某个地方有个孩子在哭。她脑中刚闪过这个念头，就响起了一种疯狂的尖叫声，虽然以前从没听过，但她知道在她的噩梦里总能听到这个声音。“走开！”那声音尖叫着，“走开，走开，别伤害我。”随后，又啜泣着说：“请别伤害我。请让我回家。”然后又是一阵轻声的伤心哭泣。

我受不了了，埃莉诺实实在在地感到。这简直骇人听闻，这太残酷了，他们在伤害一个孩子，我可不会让任何人伤害一个孩子。这时喋喋不休的语声仍在继续，低沉平稳，不停地、不停地继续下去，声音忽高忽低，永不停歇。

好了，埃莉诺想。她意识到在一片漆黑中，自己正侧身躺在床上，用双手握住西奥多拉的一只手，握得很紧，以至于她能感到西奥多拉手指上的纤细骨骼。好了，我可没法容忍这个。他们想要吓唬我。好，他们做到了。我很害怕，但比那更重要的是，我是一个人，我有人性，我是一个活生生的人，有理性，懂幽默，这座错乱、污秽的房子会让我收获良多，但我不会同意去伤害一个孩子，不，我不同意。我要凭借上帝的力量，即刻开口说话，我要大喊，我要、我要大喊“停下”。她喊了出来，然后光亮立刻就回来了，就像它消失时一样，西奥多拉惊恐地坐在床上，头发乱蓬蓬的。

“怎么了？”西奥多拉说，“怎么了，内尔？怎么了？”

“上帝啊，上帝，”埃莉诺说着猛地跳下床，冲过房间，站在角落里发起抖来，“上帝啊，上帝——我刚才握的是谁的手？”

第六章

1

我正在学习通往心灵的路径，埃莉诺认认真真地想，然后她开始琢磨这个想法意味着什么。现在是下午时分，她坐在阳光下，在凉亭的台阶上，挨着卢克；这些就是通往心灵的无声路径，她想。她知道自己脸色发白，身上仍然发着抖，还带着两个黑眼圈，但阳光很暖和，叶子在头顶上轻轻地拂动，卢克在她身边懒洋洋地躺着，靠在台阶上。"卢克，"她问他，害怕被嘲笑因此讲得很慢，"为什么人们想和别人交谈？我是说，人们都想在别人身上发现什么东西呢？"

"举个例子，你想了解我什么呢？"他笑了起来。她想，可他为什么不问他想了解我什么呢，他也太自大了——然后她也笑着说："我究竟能了解你什么呢，除了我看见的那些？""看见"是她能选择的词语里最不贴切的，却是最安全的。她真正想说的也许是“告诉我一些别人永远都不会知道的事”，或是“你想让我记住你什么呢？”，甚或是“没有任何东西属于我，哪怕是最无足轻重的东西，你能帮我吗？”，随即她吃惊于自己的念头，不知道她是不是犯了傻，或是太过冒失，但他只是低头看着他手里捧着的叶子，微微皱眉，就像是一个专注于有趣难题的人。

他正努力遣词造句，让他的话尽可能地达到最好的效果，她想，通过他的回答，我就会知道他是怎么看我的，他渴望给我留下怎样的印象。他觉得我会满足于一点儿神秘主义吗，还是他会尽力让自己显得特立独行？他会表现得很殷勤吗？感觉有点儿羞辱人，因为接下来他就会表现出他心里有数，殷勤的举止对我有吸引力。他会不会故作神秘？疯狂？既然我已经把他的回答视为一种秘密的告白，不论真假，那我又该如何回应它？上帝保佑，让卢克看到我的品格，她想，或者至少，别让我看到真正的差距。令他明智，或令我盲目，别让我，她实实在在地祈盼，别让我完全明白他是怎么看我的。

他匆匆地看了她一眼，扬起一个笑容，近来她开始懂得这是他自嘲的笑容。西奥多拉，她想知道，西奥多拉也有这么了解他吗？这个念头并不受欢迎。

“我没有母亲。”他说。这句话的冲击力是巨大的。这就是他对我的全部看法吗？他认为我想听的是这个吗？我能不能把这引申成一种信任，他觉得我是个值得托付重要秘密的人吗？我该叹息吗？还是默不作声？一走了之？“我没有根，没有人爱我。”他说，“我猜你能理解这种感觉？”

不，她想，他不会这么轻而易举地抓住我，我听不懂他的话，也不会同意用这些来交换我的感情，这个男人只是鹦鹉学舌。我会告诉他，我根本不能理解这类事情，这种自伤自怜无法直接击中我的心，我不会鼓励他来模仿我，让我自己像个傻瓜。“是的，我理解。”她说。

“我就觉得你会的。”他说，而她，坦率地说，她想给他一个耳光。“我觉得你一定是个非常好的人，内尔，”他说，接着又让人扫兴地补充说，“热心，又诚实。在这之后，当你回家去……”他的声音越来越小。她想，他要不就是正要告诉我特别重要的事，要不就是在拖延时间，直到这次谈话得体地结束。他不会无缘无故地用这种方式说话，他不会心甘情愿地暴露自己。他是不是认为如果他摆出一种钟情的姿态，也许会诱使我疯狂地追求他？他是不是担心我不能像一位淑女那样守规矩？关于我的想法和感觉，他又知道些什么呢？他为我感到难过吗？“恋人的相遇终结了行程。”她说。

“是的。”他说，“我没有母亲，就像我告诉你的。现在我发现，其他所有人都拥有我错过的东西。”他对她微笑。“我太自私了，”他悔恨地说，“我一直都希望有人能让我规规矩矩的，能有个她来对我负责，让我成熟起来。”

他真是个彻头彻尾的自私鬼，她带着几分惊奇想，我第一次单独和一个男人坐在一起交谈，而我却很不耐烦，他只是不怎么有趣。“为什么你不能靠自己成熟起来？”她问他，她不知道有多少人——多少女人——曾经这样问过他。

“你真聪明。”他又这样回答过多少次？

这场谈话肯定大多出于本能，她愉快地想，然后温柔地说：“你一定是个非常孤独的人。”我只想被人珍惜，她想，而我却在这里和一个自私的男人胡言乱语。“你真的一定非常孤独。”

他轻轻地碰了碰她的手，又微笑起来。“你非常幸运，”他对她说，“你有母亲。”

2

“我是在藏书室里找到它的，”卢克说，“我发誓我是在藏书室里找到它的。”

“不可思议。”博士说。

“瞧。”卢克说。他把那本大书摆在桌子上，翻到扉页，“这是他自己做的——瞧，书名是用墨水写的印刷体字：回忆，给索菲娅·安妮·莱斯特·克兰；一项传承，旨在她毕生的教育和启蒙，来自她深情和忠诚的父亲，休·德斯蒙德·莱斯特·克兰；六月二十一日，一八八一年。”

西奥多拉、埃莉诺和博士挤在桌前，与此同时，卢克翻过大书的第一页。“你瞧，”卢克说，“他的小女儿得先学会谦逊。很显然他把一些精美的旧书裁下来做成了这本剪贴簿，因为我似乎认出了其中若干幅图画，都是用胶水贴上去的。”

“虚荣的人类，无益的成就。”博士悲伤地说，“想想休·克兰把那些书撕成两半，就为了做这个。眼下这是一幅戈雅[1]的蚀刻画，这对一个小女孩来说是个可怕的东西，还得用它来冥想。”

“他在下边写了字，”卢克说，“在这幅丑陋的图画底下：‘女儿，要尊敬你的父亲和母亲，你生命的缔造者，他们身负重任，要引领他们的孩子清白、正直地沿着令人畏惧的狭窄道路走向永恒的天堂，最后将她虔诚善良的灵魂交予她的上帝；女儿，在天堂的喜乐中自省吧，这些小小造物的灵魂振翅飞升，它们在学会罪恶或背信之前就得到了解脱，保持如它们一般的纯洁将成为你永不停息的义务。’”

“可怜的宝贝。”埃莉诺说，随着卢克翻页，她倒抽了一口气。休·克兰的第二堂道德课源于一幅关于蛇窖的彩色雕版画，许多条蛇栩栩如生地在书页上翻滚扭动，其上是一段整齐的印刷体文字，镀了金：“永恒的诅咒是人类的命运，无论是眼泪，还是补救，都无法抵消人类传承的原罪。女儿，远离这个世界，别让它的贪欲和忘恩负义使你

〔1〕 戈雅（1746—1828），西班牙浪漫主义画派画家。

堕落；女儿，保护你自己。”

“下一页是地狱，”卢克说，“要是你胆子小就别看了。”

“我想我要跳过地狱，”埃莉诺说，“不过可以读给我听听。”

“很明智，”博士说，“是一幅来自福克斯[1]的插画。一种不太吸引人的死法，我一直这么想，不过谁能完全懂得殉教者的行事方式呢？”

“不过看这儿，”卢克说，“他把书页的一角烧掉了，这里他要说的是：‘女儿，哪怕只有片刻，你可听得到，这些被判受到永恒火焰惩罚的可怜的灵魂，它们的极度痛苦，尖利叫声，骇人呼喊和悔悟！哪怕只有一瞬，你的眼睛可会被常年燃烧的不毛之地的红光灼痛！唉，不幸的人们，在永恒的痛苦之中！女儿，你的父亲刚刚让书页一角碰到了蜡烛，看见脆弱的纸张在火焰中皱缩卷曲，想一想，女儿，这支蜡烛的温度之于地狱的永恒火焰，就如同一粒沙子之于广阔沙漠，因此，正如这页纸在微小的火苗中燃烧，你的灵魂必将在千倍激烈的火焰中永世燃烧。’”

“我打赌每天晚上在她睡前，他都读给她听。”西奥多拉说。

“等一下，”卢克说，“你还没看天堂呢——连你都能

[1] 此处应指英国历史学家、殉教史研究者约翰·福克斯。

看这张，内尔。这是布莱克[1]画的，有点令人生畏，我想，但很明显比地狱强。听听——‘圣哉，圣哉，圣哉！在天堂的纯洁之光里，天使们称颂上帝和彼此，无休无止。女儿，我将在这里找寻你。’”

“这是爱的付出，”博士说，“光筹划它就得用好多个小时，书写那么讲究，还有那层镀金——”

“现在是七宗罪[2]，”卢克说，“我想是这老头儿自己画的。”

“他在贪食这宗罪上真是全情投入，”西奥多拉说，“我可能不会再觉得饿了。”

“等看了色欲再说，”卢克告诉她，“这老家伙超越了他自己。”

“我真的不想再看更多了，我想。”西奥多拉说，“我要和内尔一起坐在这儿，如果你碰到什么特别有教化意义的道德戒律，觉得会对我有好处的，就大声读出来。”

“色欲在此。”卢克说，“哪有一个女子是这样让人求爱的？[3]”

---

〔1〕 威廉·布莱克（1757—1827），英国著名浪漫主义诗人、版画家。

〔2〕 天主教教义中的七种罪过的来源，至于具体是哪七种则有不同说法。但丁在《神曲》里曾根据恶行的严重性排列七宗罪：色欲、贪食、贪婪、懒惰、愤怒、嫉妒、傲慢。

〔3〕 出自莎士比亚《理查三世》第一幕第二场，译文引自朱生豪译《理查三世》，人民文学出版社 2012 年 11 月版。

“天哪，”博士说，“天哪。”

“他一定是自己画的。”卢克说。

“给一个孩子？”博士为此而震怒。

“这本剪贴簿只属于她。注意‘傲慢’，这正是我们的内尔的形象。”

“什么？”埃莉诺说着猛地站起来。

“调侃。”博士安抚她说，“别过来看，亲爱的，他在调侃你。”

“现在是懒惰。”卢克说。

“嫉妒。”博士说，“那可怜的孩子怎么敢犯戒……”

“最后一页最令人愉悦了，我想。女士们，这是休·克兰的血。内尔，你想看看休·克兰的血吗？”

“不，谢谢。”

“西奥？不看？不管怎样，为了你们两位的良知，我一定要读一读休·克兰的结语——‘女儿：神圣契约以血签署，在此我从自己的手腕上取得关乎生命的液体，以此约束你。贞洁正直、温顺谦恭地生活，信仰你的救世主，相信我，你的父亲。我对你发誓，来世我们将相会于无尽的天堂。遵守这些戒律吧，它们来自你忠诚的父亲，他怀着谦逊的精神制作了这本书。我已尽绵薄之力，愿它圆满地达成目的，保护我的孩子远离这世上的诱惑，将她平安地带到天堂中父亲的怀抱里。’然后是署名：‘现世和来世永远爱你的父亲，你生命的缔造者和美德的守护者，以最谦恭的爱，休·克兰。'”

西奥多拉不寒而栗。“他一定特别乐在其中，”她说，“才会用他自己的血署名。我能想象他乐不可支的样子。”

“不健康，完全不是个有益健康的事情。”博士说。

“不过当她父亲离开这房子的时候，她一定还很小。”埃莉诺说，“我想知道他是否真的曾经给她读过它。”

“我敢肯定他读过，靠在她的摇篮上，恶狠狠地读出那些字句，让它们在她的小脑袋里扎根。休·克兰，”西奥多拉说，“你是个肮脏的老头儿，你造了一座肮脏的老房子，如果你仍然能从某个地方听到我的话，我很愿意当面告诉你，我衷心希望你在那污秽恐怖的图画里度过来世，永不停止燃烧，哪怕一分钟。”她冲着房间四周做了个狂热、嘲弄的手势，有那么一小会儿，他们仍在回想，全都默不作声，就像在等待一个回答，接着炉火里的木炭砰的一声倒了下来，博士看看他的手表，卢克站起身来。

“太阳已经升到桁杆上边了[1]。”博士高兴地说。

---

〔1〕 意为可以喝酒了。据说在航海时，太阳升到桁杆上之后，才会给高级船员和水手分发一天中的第一杯朗姆酒。

3

西奥多拉蜷起身子，坐在炉火旁，顽皮地抬头看着埃莉诺。在房间另一头，国际象棋的棋子被轻轻地移动，在桌子上划出小小的声响。后来，西奥多拉温柔地开了口，让人倍感折磨："内尔，你会让他到你的小公寓去，让他用你的星星杯喝水吗？"

埃莉诺看着炉火，没有回答她。我太蠢了，她想，我一直都是个傻瓜。

"那里装得下两个人吗？如果你请他，他会来吗？"

没有比这更糟的了，埃莉诺想，我一直都是个傻瓜。

"也许他一直都在向往一个小小的家——当然，比山屋要小。也许他会跟你回家。"

一个傻瓜，一个可笑的傻瓜。

"你的白色窗帘——你的小石狮子——"

埃莉诺低头看着她，几乎是温柔的。"但我不得不来。"她说，然后站起来，不假思索地转身走开。不去听她身后充满惊讶的声音，不去想她要去哪儿、怎么去，她不知怎的就跌跌撞撞地走到高大的正门前，走出屋外，外面是一片柔和、温暖的夜色。"我不得不来。"她对外面的世界说。

恐惧和愧疚是一对姐妹，西奥多拉在草坪上赶上了她。她们沉默不语，又生气又伤心，肩并肩地离开了山屋，心里都为对方感到难过。一个生气的人，或是大笑、惊恐、嫉妒的人，都会固执地走极端，做出换个时候绝不会做出的举动。无论埃莉诺还是西奥多拉都丝毫没有想起，她们在天黑之后远离山屋是很鲁莽的。她们各自都深深地沉浸在绝望之中，因此急需逃到黑暗中去。她们把自己包裹在一件严密又脆弱的、不存在的斗篷里，那件斗篷就叫作愤怒，她们把脚跺得噔噔响，两个人都痛苦地意识到对方的存在，都下定决心要等对方开了口才讲话。

最后还是埃莉诺先开了口。她在一块石头上弄伤了脚，自尊心让她尽量不去注意它，但过了一分钟，她的脚痛了起来。她努力让自己的声音听起来很平静，却反而绷得紧紧的："我想不通你怎么会认为你有权利干涉我的私生活。"为了避免招来对方滔滔不绝的反击，或是受到不应得的羞辱，她的用词很正式，（她们不是本来就素不相识吗？表姐妹又怎样？）"我敢肯定你不会对我做的事有任何兴趣"。

"完全正确，"西奥多拉沉着脸说，"我不会对你做的事有任何兴趣。"

我们走在不同的轨道上，埃莉诺想，但我也有生存的权利，而且为了证明这一点，我在凉亭和卢克浪费了一个小时。"我弄伤了我的脚。"她说。

"我很抱歉。"西奥多拉听上去是真的很伤心，"你知道他是一只什么样的野兽，"她犹豫了一下，"一个流氓。"她终于说，带着一丝兴味。

“我很肯定，他是什么对我毫无意义。”接着，因为她们正在斗嘴，她又补上一句，“反正你也不在乎我怎么想。”

“他不应该干了坏事不受惩罚。”西奥多拉说。

“干了什么不受惩罚？”埃莉诺故作矜持地问。

“你让自己像个傻瓜。”西奥多拉说。

“但假如我不是呢？如果这次的结果证明是你错了，你一定会难受得要命，不是吗？”

西奥多拉的声音颇不耐烦，语带嘲讽。“如果我错了，”她说，“我会衷心祝福你。你真是个傻瓜。”

“你也没别的可说了。”

她们正顺着通往小溪的那条小径向前走。在黑暗中，她们感觉到双脚正走在下坡路上，各自心里都倔强地认定是对方的错，是对方故意选了这条她们曾开心地一起走过的路。

“不管怎样，”埃莉诺用一种通情达理的语气说，“无论发生什么，对你来说都毫无意义。你何必在意我是不是让自己像个傻瓜呢？”

西奥多拉沉默了片刻，在一片漆黑中向前走。埃莉诺突然确信西奥多拉向她伸出了一只手，只是看不到，这很荒唐。“西奥，”埃莉诺窘迫地说，“我并不擅长跟人交谈，也不擅长讲话。”

西奥多拉笑了起来。“你擅长什么？”她问，“逃跑？”

她俩都没有说出什么不可挽回的话，但她们之间的安全地带就只剩下一点儿了。她们各自沿着同一个未决问题的外周慎重地移动，而这样的问题一旦说出口——比如“你爱我吗？”——就永远都无法回答，也无法遗忘了。她们走得很慢，沉思着，疑惑着，小径从她们脚下缓缓地倾斜下去，她们沿着它，怀着无比相近的期待，肩并肩地走着。她们的佯攻和迟疑都已结束，只能被动地等待事情解决。她们在一呼一吸之间，立刻就知道对方在想什么，想说什么；她们几乎要为对方落泪了。她们同时发觉了小径的变化，接着便意识到对方也发现了。西奥多拉抓住埃莉诺的胳膊，她们不敢停下，于是便靠在一起，缓慢地继续前进，小径在前方变得更宽更黑，弯曲变形。

埃莉诺屏住了呼吸，西奥多拉的手握紧了，警告她保持安静。两侧的树木默默地褪去了它们先前保持的深色调，变得苍白透明，在黑色的天空下惨白可怖地矗立着。草地是无色的，小径又宽又黑，除此之外什么都没有。埃莉诺的牙齿在打战，恐惧引起的恶心让她几乎要弯下腰去，她的胳膊发着抖，西奥多拉抓住她的手现在差不多是紧紧地攫住她。她们缓慢踏出的每一步都像是有意为之，精确而疯狂，坚持放下一只脚，然后再放下另一只，似乎这是唯一的明智选择。面对让人尖叫、战栗不已的漆黑小径和苍白树木，埃莉诺的眼睛被泪水刺痛。她想，现在我真的害怕了，这句话在她脑海中熊熊燃烧，画面十分清晰。

她们继续前进，小径在她们身前徐徐展开，路两旁是不变的白色树木，在眼前这些事物上方，黑色的天空厚厚地铺在她们头顶上。她们的脚踩在小径上，闪着微微的白光，西奥多拉苍白的手发着亮。在她们前方，小径转向视线之外，她们慢慢地向前走，准确地移动着她们的脚步，因为这是她们唯一能做的肢体动作，是唯一还能让她们避免沉沦的事，避免沉到那片可怕的黑暗、可怕的苍白和邪恶的亮光里。现在我真的害怕了，埃莉诺用燃烧的字句想道。几乎微不可察，她仍然能感到西奥多拉的手放在她的胳膊上，但西奥多拉离她很远，被锁了起来；附近感受不到人体的温暖，冷得要命。现在我真的害怕了，埃莉诺想，然后一步接一步地向前迈进，她的脚每次踩上小径，她都打个寒战，在这片无情的寒冷中发着抖。

小径又向前展开，也许它有意要把她们带向某个地方，因为她们两个都没法走下这条路，没法故意走到路边那一片白茫茫的草丛里边去。小径转了个弯，它仍然黑得发亮，她们跟了上去。西奥多拉的手握得更紧了，埃莉诺听到一声微弱的呜咽，随即屏住了呼吸——前边是不是有个东西在动？是个比白色的树木还要白的东西，它在引诱我们过去吗？引诱我们过去，消失在树林里，然后监视我们？在这片无声的夜里，她们身旁是不是有什么难以察觉的动静？在白色的草丛里，有没有某个看不见的脚步与她们同行？她们这是在哪儿？

小径把她们带到了预定的终点，随即就消失在她们脚下。埃莉诺和西奥多拉的眼前出现了一座花园，她们的双眼被耀眼的阳光和绚烂的颜色晃花了。令人难以置信的是，花园的草坪上正在举办一场野餐派对。她们能听到孩子们的笑声，还有孩子的父母深情而愉快的说话声。草坪是浓郁茂密的绿色，鲜花是红色、橙色和黄色的，天空是蓝色和金色的，有个孩子穿着一件鲜红的连体衣，尖声大笑着，蹒跚着在草坪上追一只小狗。草坪上平铺着一块格子花纹的桌布，孩子的母亲微笑着俯身拿起一盘色彩鲜艳的水果。这时西奥多拉尖叫了起来。

“别回头，”她满怀恐惧地高声大喊，“别回头——别回——跑！”

埃莉诺奔跑着，却不知道为什么要跑，她以为自己的脚会绊在格子桌布上，还担心自己也许会被小狗给绊倒，但当她们跑过花园时，除了阴险地生长在暗处的野草，其他什么都没有。西奥多拉还在尖叫，她从一片刚才还是鲜花的灌木丛上踩了过去，灌木丛中的石头和一个可能是破杯子的东西把她绊倒了，她发出一阵呜咽。然后她们疯狂地对着那道白色的石墙又拍又抓，石墙上长着黑压压一片葡萄藤，她们仍在尖叫，乞求让她们出去，直到一道生锈的铁门让开了路。她们边跑边哭，气喘吁吁，不知怎的拉起了手，她们跑过山屋的菜园，从一道后门冲进厨房，正看见卢克和博士迎面赶来。“发生了什么？”卢克一把抓住西奥多拉说，“你没事吧？”

“我们快急疯了，”博士疲惫地说，“我们找了你们好几个小时。”

“是一次野餐。”埃莉诺说。她已经跌坐在厨房的一张椅子上，低头看着她的双手，手上满是擦伤，流着血，不自觉地发着抖。“我们试图离开那儿，”她告诉他们，举起双手让他们看，“是一次野餐。孩子们……”

西奥多拉笑了起来，尽管她一直在轻声地啜泣，她细声细气地笑个不停，然后在笑声中说：“我回头看了——我回头看了我们身后……”接着又是一阵大笑。

“孩子们……还有一只小狗……”

“埃莉诺。”西奥多拉狂乱地转过身，把她的头靠在埃莉诺身上。“埃莉诺，”她说，“埃莉诺。”

埃莉诺搂着西奥多拉，抬头看向卢克和博士，感到房间在发狂地摇晃，然后，时间，她一向所知的时间，停止了。

第七章

1

在蒙塔古太太预定到达的那天下午，埃莉诺独自一人走进了山屋后边的高山里，她并不真打算走到什么特定的地方去，甚至不在乎要走到哪儿或怎么走，她只想不被人看见，想从房子里沉重、黑暗的木质架构下解放出来。她找到一小块地方，那里的草柔软干燥，她躺下来，不知道她上一次躺在柔软的草地上独自思考是多少年以前的事了。她四周的树木和野花生出一种奇特的彬彬有礼的氛围，就好像自然物在它们紧迫的生老病死事业中突然被打断了，它们特意地转向她，仿佛在说，尽管她既无趣，又缺乏感知力，它们仍有必要善待她，因为这个不幸的创造物无法在地里扎根，只得颠沛流离，令人心碎。埃莉诺无所事事地摘下一朵野雏菊，它在她的手指上枯萎，她躺在草地上，抬头看着它那失去生命的脸庞。她心里只有一股势不可挡的狂热的幸福感。她用力扯着雏菊，对自己微笑，心里想着，我要做什么呢？我要做什么呢？

2

“把行李放在门厅里，亚瑟。”蒙塔古太太说，“你不觉得应该有人在这儿帮我们撑着这扇门吗？他们必须得找人把行李提到楼上去。约翰？约翰？”

“亲爱的，亲爱的。”蒙塔古博士拿着餐巾匆匆赶到门厅，顺从地吻了吻他妻子向他抬起的面颊，“你到了这儿真是太好了，我们以为你不来了。”

“我说了我今天到这儿，不是吗？如果我说了我会来，你有哪次见过我不来吗？我把亚瑟带来了。”

“亚瑟。”博士无甚热情地说。

“好吧，总得有人开车。”蒙塔古太太说，“我猜你不会盼着我自己一路开到这儿来吧？你明知道我很容易累的。你好。”

博士转过身，冲埃莉诺、西奥多拉和在她们身后的卢克微微一笑，他们正犹犹豫豫地聚在门厅里。“亲爱的，”他说，“这是我的朋友们，过去几天里他们和我一起待在山屋。西奥多拉，埃莉诺·万斯，卢克·桑德森。”

西奥多拉、埃莉诺和卢克客气地小声寒暄着，蒙塔古太太点头致意，然后说：“我发现你没有费心等我们吃晚饭。”

“我们以为你不来了。”博士说。

“我想我告诉过你，我今天到这儿。当然，很有可能我弄错了，但我确实记得说过我今天到这儿。我相信我会很快记住大家的名字。这位先生是亚瑟·帕克；他开车把我送到这儿来，因为我不喜欢自己开车。亚瑟，这几位是约翰的朋友。有人能帮我们拿行李箱吗？”

博士和卢克小声说着什么走上前来，蒙塔古太太继续说：“当然，我会住在闹鬼闹得最凶的房间，亚瑟住哪儿都可以。那个蓝色行李箱是我的，年轻人，还有那个小公文箱，把它们带到你们闹鬼闹得最凶的房间去。”

“育儿室，我想。”当卢克探询地看向他时，蒙塔古博士说：“我认为育儿室是骚灵现象的源头之一。”他告诉他的妻子，而她不耐烦地叹了口气。

“我以为你会更得要领的，”她说，“你到这儿快一周了，我猜你完全没用过占卜写板吧？自动书写呢？我想这些年轻女性中没人具有灵媒天赋吧？那边的是亚瑟的行李。他带上了他的高尔夫球杆，以防万一。”

“以防万一什么？”西奥多拉茫然地发问，蒙塔古太太转身冷冷地注视她。

“请别让我打扰了你们的晚餐。”她最后说。

“就在育儿室门外，有一个边界明确的‘冷点’。”博士满怀希望地告诉他的妻子。

“好的，亲爱的，非常好。那个年轻人不打算把亚瑟的行李拿到楼上去吗？你看上去确实处在一片混乱当中，不是吗？经过将近一周时间，我无疑会以为你已经让事情有了某种秩序。有任何形体显形吗？”

“有确定无疑的灵魂显形——”

“好吧，现在我在这儿了，我们会让事情正常运转的。亚瑟该把车子停在哪儿？”

“房子后边有一个空马厩，我们把其他车子都停在那里。他可以在早上把车开过去。”

“胡说。我不赞成拖延，约翰，你明知道的。即使不加上今晚的活儿，亚瑟明早要做的事情也够多了。他必须立刻去挪车。”

“外边很黑。”博士迟疑着说。

“约翰，你真让我吃惊。你认为我不知道晚上外边很黑？车子有车灯，约翰，而且那个年轻人可以和亚瑟一起去，给他指路。”

“谢谢你，”卢克沉着脸说，“但我们有明确的原则，反对天黑之后外出。当然，亚瑟可以去，如果他愿意的话，但我不会去。”

“年轻女士们，”博士说，“曾经受惊——”

“那年轻人是个懦夫。”亚瑟说。他已经从车里拿出了行李箱、高尔夫球袋和篮子，站在蒙塔古太太旁边，低头看着卢克。亚瑟的脸庞发红，头发发白，眼下他被激怒了，对卢克不屑一顾。“你应该为自己感到羞耻，小伙子，在女人们面前。”

“女人们和我一样害怕。”卢克一本正经地说。

“确实，确实。”蒙塔古博士安抚地把手放在亚瑟的胳膊上，“等你在这儿待上一段时间，亚瑟，你就会理解卢克的态度是明智，而不是怯懦。我们达成了一种共识，天黑之后要待在一起。”

“我得说，约翰，我可没想到会看见你们全都这么紧张，”蒙塔古太太说，“我强烈反对人们惧怕这些事情。”她恼怒地用脚轻拍地面：“你知道得很清楚，约翰，那些过世的人希望看到我们快乐和微笑，他们想知道我们深情地想着他们。滞留在这座房子里的灵魂蒙受痛苦，也许实际上是因为他们发现你们害怕他们。”

“我们可以以后再讨论这个，”博士疲倦地说，“现在，一起吃晚饭吧？”

“当然。”蒙塔古太太瞥了西奥多拉和埃莉诺一眼，“真遗憾我们不得不打断了你们。”她说。

“你吃晚饭了吗？”

“我们当然没有吃晚饭，约翰。我说了我们会到这儿来吃晚饭，不是吗？还是我又弄错了？”

“不管怎样，我告诉达德利太太你会来，”博士说着打开通往游戏室的门，然后一路走进餐厅，“她为我们留下了一桌豪华盛宴。”

可怜的蒙塔古博士，埃莉诺想，她站到一边，以便博士能带他的妻子走进餐厅，他那么不自在，我想知道她要待多久。

“我想知道她要待多久？”西奥多拉在她耳边轻声说。

“也许她的行李箱里充满了外质[1]。”埃莉诺期盼地说。

“你能在这儿待多久？”蒙塔古博士问道，他坐在餐桌上首，他的妻子舒适地坐在他旁边。

“唔，亲爱的，”蒙塔古太太一边说，一边挑剔地尝着达德利太太的续随子酱，“——你找了个好厨师，是不是？——你知道亚瑟必须得回他的学校去，亚瑟是一位校长。”她向桌子下首解释说：“他慷慨地取消了星期一的预定事项。所以我们最好在星期一下午离开，这样亚瑟就能赶上星期二的课。”

“毫无疑问，亚瑟把一大群快乐的学童抛在了身后。”卢克轻轻地对西奥多拉说，而西奥多拉回答：“可今天才星期六。”

---

〔1〕 法国学者查尔斯·里歇创造的术语，指灵魂能量通过有形媒介具象化形成的物质。

“我对这顿饭没有任何意见。”蒙塔古太太说，“约翰，明天早上我要和你的厨师打个招呼。”

“达德利太太是一位令人钦佩的女性。”博士谨慎地说。

“以我的口味来说有点过于别致了，”亚瑟说，“我是个注重实际的人，我本人，”他对西奥多拉解释说，“不喝酒，不抽烟，不读垃圾书，不做学校里小伙子们的反面教材。他们多少会崇拜一个人，你知道。”

“我敢肯定他们一定全都以你为榜样。”西奥多拉一本正经地说。

“偶尔也会有个把坏家伙，”亚瑟摇着头说，“不喜欢运动的，躲在角落里愁眉苦脸的，爱哭鬼，把他们踢出去要够快才行。”他伸手去拿黄油。

蒙塔古太太倾身向前，看向桌子下首的亚瑟。“少吃点儿，亚瑟，”她劝告说，“接下来我们还有一个晚上要忙。”

“你究竟计划要做什么？”博士问。

“我相信你从来都没考虑过用任何一种装置来处理这些事情，但你必须得承认，约翰，在这个领域里我拥有的与生俱来的理解力更多一些，女性就是如此，你知道的，约翰，至少是有些女性。”她停顿了一下，怀疑地注视着埃莉诺和西奥多拉：“她们两个都不是，我敢说。除非，当然，我又弄错了？你非常喜欢指出我的错误，约翰。”

“亲爱的——”

“我没法容忍任何潦草的工作。亚瑟将会在夜间巡逻，当然。我把亚瑟带来就为了这个。这是非常罕见的，”她向卢克解释说，他坐在她的另一边，“在教育领域里能有人对另一个世界有兴趣，你会发现亚瑟见多识广的程度令人惊异。我会睡在你们闹鬼闹得最凶的房间里，只留一盏夜灯，努力和使这房子不得安宁的元素取得联系。当附近有不安的灵魂时，我从来都不休息。”她告诉卢克，他点点头，无言以对。

“可靠的小常识就是，”亚瑟说，“这些事情必须用正确的方法着手才行。志向太低就得不到回报，我常给我的小伙子们讲这句话。”

“我想也许在晚餐之后，我们会用一小段时间来尝试占卜写板，”蒙塔古太太说，“当然，只有亚瑟和我，你们其余的人，我能看出来，还没准备好，你们只会把灵魂赶跑。我们需要一个安静的房间——”

“藏书室。”卢克礼貌地建议。

“藏书室？我想也许可以，书籍往往是很好的载体，你知道，在有书的房间里经常能产生最佳的灵魂显形。我不记得有哪一次灵魂显形曾受到书籍的阻碍，无论以何种方式。我猜藏书室里的灰尘已经掸干净了？亚瑟有时候会打喷嚏。”

“达德利太太将整座房子保持得井井有条。”博士说。

“明早我真要和达德利太太打个招呼。那你带我们去藏书室，约翰，那个年轻人帮我把箱子搬过去，不是那个大行李箱，注意，是那个小公文箱，把它拿到藏书室去。我们稍后会加入你们，在占卜写板环节结束后，我需要一杯牛奶，也许还有一小块蛋糕，饼干也可以，如果它们不是太咸。和志趣相投的人们轻声交谈一会儿也是很有帮助的，尤其是如果我在夜里要保持倾听和接纳的状态，心灵是一种精密的仪器，再怎么小心照料也不为过。亚瑟？”她远远地向埃莉诺和西奥多拉颔首致意，然后由亚瑟、卢克和她的丈夫护送着走出房间。

过了一小会儿，西奥多拉说：“我觉得蒙塔古太太简直要让我发疯。”

“我不知道。”埃莉诺说，“亚瑟更对我的口味一点儿，而且我觉得卢克就是个懦夫。”

“可怜的卢克，”西奥多拉说，“他一直没有母亲。”埃莉诺抬起头来，发现西奥多拉正带着一种古怪的微笑注视着她，她迅速地从桌边移开，动作快得让杯子里的饮料溅了出来。

“我们不该单独待着，”她说，有点怪异地喘不上气来，“我们必须得找到其他人。”她离开桌子，几乎是跑着出了房间，西奥多拉笑着跟在她身后，沿着走廊进入小会客室，卢克和博士正站在炉火前。

“请问，先生，”卢克正在谦恭地说，“占卜写板是什么？”

博士恼火地叹了口气。“一群蠢货。”他说，然后又说，“对不起。这主意整个都让我恼火，但如果她喜欢……”他转过身去，愤怒地拨着火。“占卜写板，”过了一会儿他接着说，“是一种类似于显灵板的设备，或者也许我这么说能解释得更清楚，它是一种自动书写形式，一种和——啊——无形生命交流的方法，尽管在我看来，唯一通过这些设备取得联系的无形生命，其实就是操作它们的人的想象力。是的。好吧。占卜写板是一小块轻型木板，通常是心形或三角形的。在窄的那一端装有一支铅笔，在另一端有一对轮子，或是两只脚，能轻松地在纸上滑动。两个人把手指放在它上边，问它问题，它便会移动，至于是被何种力量推动，我们在此不予讨论，然后它就会写下答案。正如我所说的，显灵板也很相似，除了它是在一块板子上移动，指向不同的字母。一只普通的葡萄酒杯就能做同样的事，我见过有人用酒杯和带轮子的孩童玩具做过尝试，不过我得承认那看上去很蠢。每个人都使用一只手的手指尖，另一只手保持自由，以便记下问题和答案。我认为，答案老是些没什么意义的东西，不过很显然，我妻子不这么认为。胡言乱语。”他又开始使劲拨火。“就像女学生一样，”他说，“迷信。”

3

“占卜写板今晚一直都很友善，”蒙塔古太太说，“约翰，在这座房子里绝对存在外来元素。”

“真是一次绝妙的招魂。”亚瑟说，他得意扬扬地挥舞着一叠纸张。

“我们为你取得了大量信息。”蒙塔古太太说，“占卜写板相当执着于一位修女。你曾了解到任何关于修女的事吗，约翰？”

“在山屋？不太可能吧。”

“占卜写板非常强烈地感知到一位修女，约翰，也许是诸如此类的东西——哪怕是一个阴暗、模糊的人影——曾在附近一带被人看见过？村民们深夜里跌跌撞撞地回家的时候受到过惊吓吗？”

“修女的形象是一个相当常见的——”

“约翰，请听我说。我认为你是在暗示我弄错了，或许你意图指出占卜写板可能弄错了？我向你保证——而且你必须相信占卜写板，纵使我的话对你来说还不够——它极其明确地指出了一位修女。”

“我只是想说，亲爱的，一个修女的幽灵无疑是最常见的显灵形式。山屋从来没有和这样的事情关联起来，但在几乎每个——”

“约翰，请听我说。我想我可以继续说下去？还是占卜写板未经聆听就要被摒弃了？谢谢。”蒙塔古太太让自己镇静下来，“好，接下来。还有个名字，有不同拼法，海伦、海琳或艾琳娜[1]。那有可能是什么人？”

“亲爱的，很多人曾住在——”

“海伦给了我们一个警告，要提防一个神秘的修士。现在，当一个修士和一个修女双双出现在一座房子里——”

“我认为这地方建在更古老的遗迹之上，”亚瑟说，“支配力占了上风，你知道，更古老的支配力量在四处徘徊。”他解释得更充分了。

“听起来很像是他们违背了誓言，不是吗？非常像。”

“回溯到那时，这种情况有很多，你知道。诱惑，很有可能。”

“我不认为——”博士开口说。

“我敢说她被终身监禁了，”蒙塔古太太说，“我是说那个修女。他们总是这么做，你知道。你根本想象不到，我从被终身监禁的修女们那里得到过什么样的消息。”

“没有任何记录在案的事例是关于哪个修女曾被——”

“约翰，我能不能再次向你指出，我自己就收到过被终身监禁的修女们的消息？你觉得我在跟你扯谎，约翰？还

---

〔1〕 海琳（Helene）和艾琳娜（Elena）都是海伦（Helen）的异体。

是你认为一个修女会故意假装她被终身监禁，尽管事实并非如此？难道我又弄错了，约翰？”

“当然不是，亲爱的。”蒙塔古博士乏力地叹了口气。

“只有一支蜡烛和一块面包皮，”亚瑟告诉西奥多拉，“可怕的行为，细想就会觉得。”

“没有修女曾被终身监禁。”博士愠怒地说，他稍微提高了声音，“这是个传说，一个故事，一种被人四处传播的诽谤——”

“好了，约翰，我们别为这事争论了。你可以相信你愿意去相信的任何事。不过你要理解，纯粹唯物主义的观点有时候在事实面前必须得让步。现在事实已经证明，在这座房子里捣鬼的是一位修女和一位——”

“这里还有什么？”卢克急忙问，“我太想听听——啊——占卜写板要说什么了。”

蒙塔古太太调皮地摇了摇手指：“没有关于你的事，年轻人。不过在场的某位女士也许会听到一些有趣的事情。”

不可思议的女人，埃莉诺想，不可思议、粗鄙、充满占有欲的女人。“现在，海伦，”蒙塔古太太接着说，“想要我们寻找一个有古井的地窖。”

“别告诉我海伦是被活埋的。”博士说。

“我不这么认为，约翰。我敢肯定如果是的话，她会提到的。事实上，海伦根本不清楚我们将会在井里找到什么，不过，我怀疑那不是个宝藏。在这种类型的事件中，很少能偶遇真正的宝藏，更有可能是失踪修女的证物。”

“更有可能是八十年的垃圾。”

“约翰，在所有人当中，我最不能理解你为什么会持有这种怀疑态度。毕竟，是你来这座房子收集超自然活动的证据，而现在，当我给你带来有关事情起因的详细说明，还有从何处开始寻找的一种暗示，你却固执己见地轻蔑以对。”

“我们没有挖掘地窖的权利。”

“亚瑟可以——”蒙塔古太太满怀希望地开口，但博士坚定地说：“不，我的租约明确禁止我对房子本身进行改造。不能挖掘地窖，不能拆下木墙围，不能撬起地板。山屋仍是一项贵重的不动产，我们是学生，不是毁坏文物的人。”

“我以为你可能会想知道真相，约翰。”

“没有什么比这更让我想知道的了。”蒙塔古博士跺着脚走过房间，走到棋盘前拿起一个骑士棋子，愤怒地盯着它。他看起来就像是正在执拗地从一数到一百。

“哎呀，人有时候得多有耐心才行啊。”蒙塔古太太叹息说，“但我真想给你读一下临近尾声的时候我们收到的一小段话。亚瑟，你那里有吗？”

亚瑟翻着他手上的那一叠纸。“就在你要给你姑妈送花的那段消息之后，”蒙塔古太太说，“占卜写板有一个灵魂代言人，名叫梅利高特，”她解释说，“梅利高特对亚瑟有一种真诚的个人兴趣；给他捎去亲戚的消息，诸如此类的。”

“不是什么绝症，你知道，”亚瑟认真地说，“当然，得送花过去，但梅利高特让我感到非常宽慰。”

“好。”蒙塔古太太挑出几页纸，飞快地把它们翻过来，纸上写满了散乱的铅笔字，不规则地四下延伸，蒙塔古太太皱着眉头，用手指自上而下地扫着页面。“这儿。”她说，“亚瑟，你来读问题，我来读回答，这种方式听起来更自然。”

“我们开始吧，”亚瑟欢快地说，俯身越过蒙塔古太太的肩膀看去，“现在——让我看看——就从这儿开始？”

“从‘你是谁？’”

“好嘞。你是谁？”

“内尔。”蒙塔古太太用她尖锐的声音读道，埃莉诺、西奥多拉、卢克和博士转过身来听着。

“哪个内尔？”

“埃莉诺内莉内尔内尔。它们有时候会这么做，”蒙塔古太太暂停朗读，解释说，“它们一遍又一遍地重复一个单词，以确保讲得清楚。”

亚瑟清了清嗓子，“你想要什么？”他读道。

“家。”

“你想回家吗？”西奥多拉对埃莉诺好笑地耸耸肩。

“想在家。”

“你在这儿做什么？”

“等待。”

“等什么？”

“家。”亚瑟停下来，意味深长地点点头。“又是这样，”他说，“喜欢一个单词，一遍又一遍地用它，只为了听它的声音。”

“通常我们从不问为什么，”蒙塔古太太说，“因为它容易让占卜写板感到困惑。不过，这次我们很勇敢，直接提问了，亚瑟。”

“为什么？”亚瑟读道。

“母亲。”蒙塔古太太读道，“所以你们看，这次我们提问是对的，因为占卜写板出答案非常慷慨。”

“山屋是你的家吗？”亚瑟平稳地读道。

“家。”蒙塔古太太回答说，博士叹了口气。

“你很痛苦吗？”亚瑟读道。

“没有回答。”蒙塔古太太令人宽心地点点头，“有时候它们不愿意承认痛苦，因为这容易让我们这些被留在身后的人沮丧，你知道。举例来说，就好像亚瑟的姑妈从来不肯透露她生病了，但梅利高特总是让我们知道，而且当他们去世之后这种情况会加剧。”

“坚忍。”亚瑟肯定地说，然后读道，“我们能帮你吗？”

“不。”蒙塔古太太读道。

“我们能为你做什么吗？”

“不。找不到了。找不到了。找不到了。”蒙塔古太太抬起头来。“你们看见了吗？”她问，“一个单词，一遍又一遍。它们喜爱复述自己的话。有时候一个单词会持续不断地写满一整页纸。”

“你想要什么？”亚瑟读道。

“母亲。”蒙塔古太太回答。

“为什么？”

“孩子。”

“你的母亲在哪儿？”

“家。”

“你的家在哪儿？”

“找不到了。找不到了。找不到了。而在这以后，”蒙塔古太太轻快地把纸折起来，说道，“就只剩胡言乱语了。”

“从没见过占卜写板这么愿意合作，”亚瑟向西奥多拉透露，“一次难忘的经历，真的。”

“但是为什么选中内尔？”西奥多拉有点恼怒地问，“你的傻瓜占卜写板没有权利未经许可就向人们发送消息或是——”

“辱骂占卜写板是永远都不会得到结果的。”亚瑟开口说，但蒙塔古太太打断了他，她在椅子上转动身子，注视着埃莉诺。“你是内尔？”她询问说，然后转向西奥多拉，

“我们以为你是内尔。”

“那又怎样？”西奥多拉用放肆的态度说。

“当然，这不会影响那些消息。”蒙塔古太太一边说，一边不耐烦地敲打着她手里的纸张，“不过我确实认为，我们本可以正确无误地被介绍给彼此。我敢肯定占卜写板知道你们二人的差别，但我当然不愿意被误导。”

“别担心自己被忽视了，”卢克对西奥多拉说，“我们会活埋你的。”

“要是我从那东西那儿得到什么消息，”西奥多拉说，“我希望它是关于秘密宝藏的。可别是给我姑妈送花这种废话。”

他们全都小心地不看向我，埃莉诺想，我又被单独挑出来了，而他们很友善地装作这没什么。“你凭什么认为那些消息都是给我的？”她无助地问。

“真的，孩子。”蒙塔古太太说着把纸张扔在矮茶几上，“我真不知该怎么开口。虽然你早就不是个孩子了，不是吗？也许你比自己意识到的通灵能力更强，不过，”她冷漠地转过脸去，“你怎么能在这房子里待了一周，却没收到从那边传来的哪怕是最简单的消息……那火需要拨一下。”

“内尔不想要从那边传来的消息，”西奥多拉语带安抚地说，她走过去握住埃莉诺冰凉的手，“内尔想要她温暖的床，再睡上一小会儿。”

平静，埃莉诺实实在在地感到，我在这个世界上只想要平静，在山坡上的鲜花丛中，有一块安静的地方，我可以躺在那儿思考，可以做梦，还能给自己讲几个甜蜜的故事。

4

“我，”亚瑟慷慨地说，“会把大本营设在紧挨着育儿室的这个小房间里，只要有人叫一声就能听见。我会随身带着一把左轮手枪——不必因此而惊慌，女士们，我是个优秀的枪手——还有一只手电筒，外加一只特别尖利的哨子。这样我就能很容易地把你们其余的人召集起来，假使我发现了任何值得你们关注的事，或是我需要——啊——同伴。你们都能安静地入睡，我向你们保证。”

“亚瑟，”蒙塔古太太解释说，“将在房子里巡逻，每个小时，他都会有规律地在楼上各个房间巡视一圈。我想今晚他就不需要为楼下的房间操心了，因为我会待在这里。我们以前也这样做过，很多次。来吧，大家都跟上。”他们安静地跟着她走上楼梯，看着她深情地轻拍着楼梯的扶手和墙上的雕花。“这真是一件幸事，”她说，“得知这房子里的生灵只是在等一个机会来讲他们的故事，把自己从悲伤的重担中解脱出来。好了。亚瑟会先检查卧室。亚瑟？”

“抱歉，女士们，抱歉。”亚瑟说着打开埃莉诺和西奥多拉共用的蓝房间的门。“一个精致的地方，”他拿腔拿调地说，“正适合两位这么迷人的女士。如果你们愿意，我将省去你们查看壁橱内部和床底的麻烦。”他们一本正经地看着亚瑟趴在地上，往床底看去，然后站起来把手上的灰尘拍掉。“绝对安全。”他说。

“现在，我要去哪儿住？”蒙塔古太太问，“那个年轻人把我的行李放在哪儿了？”

“就在走廊的尽头，”博士说，“我们叫它育儿室。”

蒙塔古太太果断地沿着走廊走去，后边跟着亚瑟，她经过走廊里的“冷点”，打了个寒战。“我肯定需要几条额外的毛毯，”她说，“让那个年轻人从其他房间里拿几条毛毯来。”打开育儿室的门，她点点头说：“我必须承认，床看上去是新铺的，但房间通风了吗？”

“我告诉达德利太太了。”博士说。

“有股霉味。亚瑟，尽管很冷，你得去打开那扇窗户。”

育儿室墙上的动物阴郁地俯视着蒙塔古太太。“你确定……”博士迟疑了一下，担心地抬头看了看育儿室门前那两张咧着嘴的笑脸，“我不知道是不是该有人和你一起住在这儿。”他说。

“亲爱的，”蒙塔古太太被逗乐了，有那些逝去的人们在场，她现在的心情很不错，“我曾经在最纯粹的爱和理解当中，度过了多少个小时——多少，多少个小时——尽管我独自一人待在房间里，却并不孤单。亲爱的，我怎么才能让你明白，在只有爱和相互理解的地方是没有危险的？我是来帮助这些不幸的生灵，我是来伸出诚挚的钟爱之手，让它们知道仍有一些人记得它们、倾听它们、为它们哭泣，它们的孤单寂寞就此结束了，而我——”

“对，”博士说，“但还是让门开着吧。”

“不上锁，如果你坚持的话。”蒙塔古太太对此非常宽大。

“我就在走廊那边不远，”博士说，“既然巡视是亚瑟的使命，我就不主动请缨了。但如果你有什么需要，我会听见的。”

蒙塔古太太笑了起来，向他挥挥手。“其他人比我更需要你的保护，需要得多。”她说，“当然，我会尽我所能。但他们是那么、那么易受伤害，因为他们具有铁石般的心肠和视而不见的双眼。”

亚瑟检查完这一层的其他卧室回来了，身后跟着被逗乐的卢克，亚瑟精神饱满地冲博士点点头。“警报解除，”他说，“你们现在上床睡觉是绝对安全的。”

“谢谢。”博士严肃地对他说，然后又对妻子说，“晚安。要小心。”

“晚安。”蒙塔古太太说，向四周的所有人微笑。“请别担心，”她说，“不管发生什么，记得我在这儿。”

“晚安。”西奥多拉说，然后卢克也说“晚安”，亚瑟在他们身后保证，他们可以安心休息，如果听到枪声也不要担心，他会在午夜时分开始第一次巡视。埃莉诺和西奥多拉走进自己的房间，卢克继续沿着走廊走到他的房间。过了一会儿，博士不情愿地从妻子关上的门前转身走开，跟上他们。

“等等，”一进她们的房间，西奥多拉就对埃莉诺说，“卢克说他们想让我们过去。别脱衣服，别出声。”她把房门打开一条缝，扭头低声说：“我发誓那个老太婆就要用她那完美的爱的事业把这房子给炸开了，如果说这世上有一个地方不需要完美的爱，那就是山屋。好了，亚瑟关门了。快点，保持安静。”

她们只穿着袜子踩在走廊地毯上，没有发出任何声响，快步走到博士的房间。“快进来，”博士边说，边把房门开到将够她们进来的宽度，“别出声。”

“这可不安全。”卢克说，他把门关到只留一条缝，然后走回来坐在地板上，“那个男人会开枪打中谁的。”

“我不喜欢这样。”博士忧心忡忡地说，“卢克和我会熬夜警戒，我要你们两位女士待在这里，在这儿我们可以照看着你们。有什么事将要发生，”他说，“我不喜欢这样。”

“我只希望她别用她的占卜写板让什么东西发狂。”西奥多拉说，“对不起，蒙塔古博士。我不是有意对你的妻子出言不逊。”

博士笑了起来，但他的眼睛一直看着房门。“她原本计划从头到尾都和我们一起住在这儿，”他说，“但她已经报名了一个瑜伽课程，所以不能耽误上课。她在大多数情况下都很出色，”他补充说，同时真诚地环视他们，“她是个好妻子，把我照料得非常好。她做事非常不俗，真的。比如缝好我衬衫上的纽扣。”他满怀希望地微笑着。“这，”他向走廊的方向做了个手势，“这几乎是她唯一的缺点。”

“也许她觉得她是在给你的工作提供帮助。”埃莉诺说。

博士做了个鬼脸，然后打了个寒战。就在此时，房门突然大开，接着又猛地关上了。他们能听到从原本寂静的门外传来一种缓慢的冲刷声，就好像一股非常平稳、非常强劲的风正顺着走廊刮过来。他们飞快地扫视彼此，努力保持微笑，尽量显得勇敢一点，迎接缓缓到来的虚幻的寒冷，还有风声中夹杂的楼下房门的撞击声。西奥多拉一言不发地把博士床脚处的被子拿起来，盖在埃莉诺和自己身上，她们更紧地靠在一起，动作很慢，尽量不发出声音。埃莉诺紧紧依偎着西奥多拉，尽管西奥多拉的胳膊搂着她，她仍然冷得要命，她心里想着，它知道我的名字，这次它知道我的名字。重击声上了楼梯，猛撞着每一级台阶。博士全身紧绷地站在门边，卢克走过去站在他旁边。“它离育儿室很远。”他对博士说，伸出手去阻止博士开门。

“这样一成不变的重击多让人厌烦啊。”西奥多拉逗趣地说，“明年夏天，我真得去别的什么地方了。”

“每个地方都有缺点，”卢克告诉她，“在湖区有蚊子。”

“我们是不是已经让山屋用光了它的保留节目？”西奥多拉语气轻快地问，但她的声音发着抖，“我们之前好像已经经历过这种重击，这是要全部再来一遍吗？”撞击声沿着走廊回响，听上去像是从尽头处传来，从最远处的育儿室。博士紧张地靠着门，焦急地摇着头。“我必须得出去，”他说，“她可能会很害怕。”他告诉他们。

埃莉诺随着重击声摇晃，走廊里的重击就好像回响在她的脑海里，她紧紧地抓住西奥多拉说：“它们知道我们在哪儿。”其他人以为她指的是亚瑟和蒙塔古太太，都点点头，听着动静。埃莉诺用双手捂住眼睛，跟着声音摇摆，她告诉自己，撞击声将会继续沿着走廊前进，它会一直前进到走廊的尽头，然后掉头再回来。它只会像以前那样不停前进，然后它就会停止，然后我们会望着彼此大笑，努力去回想刚才有多冷，回想在我们背上游走的一丝战栗，过一会儿它就会停的。

“它从来没伤害过我们，”西奥多拉正在重击声中对博士说，“它也不会伤害他们。”

“我只希望她别试着对此做点什么。”博士沉着脸说，他仍站在门边，但在屋外的巨响之下，他似乎没法把门打开。

“我觉得自己绝对是个老手了。”西奥多拉对埃莉诺说，“靠近一点儿，内尔，注意保暖。”她在毯子底下把埃莉诺拉得更近，她们被令人厌恶、静止不动的寒冷包围着。

接着突然安静了下来，神秘的寂静降临了，他们都还记得那种令人毛骨悚然的寂静，他们屏住呼吸，望着彼此。博士用双手握着门把手，卢克尽管脸色惨白，声音颤抖，仍轻快地说："白兰地，有人要喝吗？我对烈酒[1]的热情——"

"不。"西奥多拉狂乱地咯咯笑着，"别说那句双关俏皮话。"

"抱歉。也许你不会相信，"卢克说，在他试着倒酒的时候，白兰地酒瓶碰在杯子上，发出咔咔的声音，"但我不再认为这是句双关俏皮话了。这就是住在一座闹鬼的房子里对幽默感产生的影响。"他用两只手端着杯子走到床边，西奥多拉和埃莉诺依偎在毯子底下，前者伸出一只手接过杯子。"嘿，"她一边说，一边把它举到埃莉诺嘴边，"喝吧。"

埃莉诺小口啜饮着，并没有暖和起来。她想，我们正处在风暴的中心，没有多长时间了。她看见卢克小心地端着一杯白兰地走向博士，把酒递给他，接着，她还没反应过来，就看见杯子从卢克的手上滑落，掉在地上，同时房门猛烈却无声地震动了起来。卢克把博士向后拉，房门受到无声的攻击，看上去就快要从合页中挣脱出来了，快要

---

〔1〕"Spirits"既有幽灵的意思，也有烈性酒的意思。

扭曲，坍塌下来，让他们失去遮蔽。卢克和博士退后几步，等待着，紧张而无助。

“它进不来，”西奥多拉一遍又一遍地轻声说着，她的双眼盯着房门，“它进不来，别让它进来，它进不来——”震动停止了，房门静立不动，门把手上开始传来轻柔碰触的声音，亲密又温柔，因为房门上了锁，它又开始轻拍和轻抚门框，就像是在用甜言蜜语哄骗人们让它进来。

“它知道我们在这儿。”埃莉诺小声说，卢克回头看她，猛地做了个手势，让她安静。

真是太冷了，埃莉诺孩子气地想，有这么多声音从我的脑袋里传出来，我再也不能睡觉了。声音是从我脑袋里传出来的，其他人怎么会听到呢？我正一点一点地消失在这座房子里，这些响声在分解我，每过一次，我就裂开一点儿。其他人为什么害怕呢？

她迟钝地意识到，重击声又开始了，那刺耳的势不可挡的响声好像海浪一样涌进她的脑海。她用冰冷的双手去碰触自己的嘴巴，摸索她的脸是不是还在这儿。我已经受够了，她想，我实在太冷了。

“在育儿室门前，”卢克紧张地说，那阵响声清晰可闻，“在育儿室门前，别去。”他伸出手阻止博士。

“最纯粹的爱，”西奥多拉疯狂地说，“最纯粹的爱。”然后她又咯咯笑起来。

“如果他们不打开房门——”卢克对博士说。博士现在把头靠在门上听着，卢克握住他的胳膊，不让他动。

现在我们要有一种新的声音了，埃莉诺一边聆听脑海中的声音，一边想着，它正在变化。重击已经结束了，仿佛它已被证实是无效的，现在走廊里有一种快速跑动的声音，就好像有一只动物正在跑来跑去，它怀着令人难以置信的急躁心情，先是观察一扇门，接着是另一扇，警惕地听着屋里的动静，这时，埃莉诺还记得的喋喋不休的低语声又开始了。这是我做的吗？她脑中匆匆闪过一个念头，是我吗？然后她听见门外细微的笑声，正在嘲笑她。

“飞—非—弗—福〔1〕。”西奥多拉低声嘟囔，笑声逐渐膨胀，变成一声大叫。它在我的脑袋里，埃莉诺双手掩面，心里想着，它在我的脑袋里，而它正要出来，出来，出来——

整座房子都在颤抖、摇晃，窗帘撞在窗户上，家具摇来摆去，走廊里的声音变得极其巨大，开始推挤墙壁。他们能听见走廊里的挂画掉下来引起的玻璃破碎的声音，也许还有窗玻璃粉碎的声音。卢克和博士竭尽全力抵住房门，仿佛拼了命地让它保持关闭，他们脚下的地板在晃动。我

〔1〕 原文是“Fe-fi-fo-fum”，这是英国童话《杰克和豆茎》里巨人说的第一句话，当时杰克正躲了起来，希望巨人不要发现他。

们要去了，我们要去了，埃莉诺想，然后她听见西奥多拉在很远的地方说："房子在倒塌。"她听起来很冷静，将恐惧丢在了后头。埃莉诺坐在床上，挣扎着，全身发抖，她低下头、闭上眼，咬住嘴唇对抗着寒冷，房间在她身下倾斜又回正，让她有种晕眩的下坠感，接着房间缓缓地旋转起来。"全能的上帝。"西奥多拉说。门口似乎有一英里远，卢克在那里扶住博士，帮他站稳。

"你还好吗？"卢克喊道，他用后背抵着房门，抱着博士的肩膀，"西奥，你还好吗？"

"在坚持，"西奥多拉说，"我不知道内尔怎么样。"

"给她保暖，"卢克在远处说，"我们还没见识到全部呢。"他的尾音逐渐消失。埃莉诺能远远地听见和看见他，他、西奥多拉和博士仍然在遥远的房间里等待着。她在旋涡一般的黑暗中不断地下坠，没有什么是真实的，除了她自己握住床柱的苍白双手。她能看见他们的身影，但是非常小，她能看见在床铺摇晃、墙壁向前倾斜、房门倒向一边的时候，他们在远处紧张的样子。不知在什么地方，有个庞大的物体头朝下栽到地上，传来塌毁的巨响。一定是塔楼，埃莉诺想，我还以为它会矗立很多年呢，我们迷失了，迷失了，房子正在自我毁灭。她听见遍布各处的笑声，尖细而疯狂，它那发狂的音调正在升高，然后她想，不，它是为我而结束的。这太过分了，她想，我会让出对自我的控制权，正式放弃，心甘情愿地移交出去，我一点儿都不想要它，它可以拥有它想要的一切。

“我马上来。”她抬头对西奥多拉大声说，后者正向她探过身去。房间里非常安静，在静止不动的窗帘之间，她能看见阳光。卢克坐在窗边的一把椅子上，他的脸上有擦伤，衬衫也破了，他还在喝着白兰地。博士坐在另一张椅子上休息，他的头发刚梳好，看上去整齐利落，泰然自若。西奥多拉一边弯下身子看着埃莉诺，一边说：“我想她没事。”埃莉诺坐了起来，摇了摇头，瞪着眼。房子重归寂静，在她四周端端正正地竖立起来，没有任何东西被移动了位置。

“怎么……”埃莉诺说，他们三个大笑起来。

“又是一天。”博士说，和他的外表不同，他的声音软弱无力，“又是一夜。”他说。

“就像我之前试着想表达的，”卢克评论说，“住在一座闹鬼的房子里有损幽默感，我真的不是想说一句被禁止的双关俏皮话。”他告诉西奥多拉。

“他们——怎么样？”埃莉诺问，话语听起来很陌生，她的嘴巴僵住了。

“都睡得像婴儿一样。”博士说。“实际上，”他说，仿佛是继续一场在埃莉诺睡着时就已经开始的对话，“我没法相信是我妻子唤起了那场风暴，但我必须承认，要是她再说一个关于纯粹的爱的词儿……”

“发生了什么？”埃莉诺问。嘴里的感觉告诉我，她想，我一定整晚都在磨牙。

“山屋跳起舞来了，”西奥多拉说，“带着我们一道，跳了一场疯狂的午夜苏格兰舞。至少，我觉得它在跳舞，它也可能是在翻跟斗。”

“马上就九点了，”博士说，“等埃莉诺准备好……”

“来吧，宝贝。”西奥多拉说，“西奥会为你洗脸，把你收拾得干干净净的去吃早餐。”

第八章

1

“有人告诉他们达德利太太十点收拾餐桌吗？”西奥多拉沉思地向咖啡壶里望去。

博士犹豫了一下：“在这样一个夜晚过后，我不想吵醒他们。”

“但是达德利太太十点收拾餐桌。”

“他们来了，”埃莉诺说，“我能听见他们正在下楼。”我能听见所有声音，整座房子的，她想告诉他们。

接着，他们都隐约听见了蒙塔古太太的声音，她的声音因为恼怒而升高了，随后卢克反应过来说：“哦，上帝——他们找不着餐厅。”他急忙出去打开那些房门。

“——良好的通风。”蒙塔古太太的声音比她的人先到，她神气十足地走进餐厅，问候式地草草拍了一下博士的肩膀，向其他人粗略地点了点头，就坐到桌前。“我得说，”

她立刻开始说话，“我以为你们可能会叫我们来吃早餐。我猜所有吃的都凉了吧？咖啡还凑合吗？”

“早上好。”亚瑟闷闷不乐地说，坐下时带着一种愠怒的神情。西奥多拉为了赶在蒙塔古太太之前倒一杯咖啡，几乎弄翻了咖啡壶。

“它看上去还够热。”蒙塔古太太说，“无论如何，今天早上我要和达德利太太谈谈。那个房间必须通风。”

“你晚上怎么样？”博士胆怯地问，“你有没有度过一个——啊——有收获的夜晚？”

“如果你说的有收获是指舒适，约翰，我希望你能直说。不，对你这般客气的询问的回答是，我并未度过一个舒适的夜晚。我一丁点儿都没睡着。那个房间让人难以忍受。”

“嘈杂的老房子，不是吗？”亚瑟说，“整个晚上树枝都在敲打我的窗户，差点把我给逼疯了，敲啊敲的。”

“即使开着窗户，那个房间都不透气。达德利太太的咖啡不像她收拾房间的水平那么糟糕。请再给我来一杯。我很吃惊，约翰，你让我住在一个没有良好通风的房间里。如果要和那些逝去的灵魂有任何交流，至少得有充分的空气流通。整个晚上我都闻着灰尘味。”

“没法理解你，”亚瑟对博士说，“让自己被这地方弄得神经兮兮的。我整晚都带着左轮手枪坐在那儿，却连只跑动的老鼠都没有。除了那该死的树枝在敲打窗户，差点把我逼疯了。”他向西奥多拉抱怨。

“当然，我们不会放弃希望。”蒙塔古太太板着脸对她的丈夫说，“也许今晚会有某种灵魂显形。”

2

“西奥？”埃莉诺放下手中的记事本，西奥多拉正忙着写下潦草的字迹，闻言皱着眉抬起头，“我一直在琢磨一件事。”

“我讨厌写这些笔记，我觉得我就像个该死的傻瓜，在写一些疯狂的东西。”

“我一直在想。”

“嗯？”西奥多拉微微一笑。“你看上去多严肃啊，”她说，“你做了什么重大决定吗？”

“是的。”埃莉诺打定了主意说，“是关于在这之后我要做什么。在我们都离开山屋之后。”

“嗯？”

“我和你一起去。”埃莉诺说。

“和我一起去哪儿？”

“和你一起回去，回家。我——”埃莉诺苦笑了一下，“——要跟你回家。”

西奥多拉瞪着她。“为什么？”她茫然地问。

“我从来没有关心过谁。”埃莉诺说，她想知道自己以前是在哪儿听谁说过类似的话，“我想去一个我心所属的地方。”

“我没有带流浪猫回家的习惯。”西奥多拉轻快地说。

埃莉诺也笑了起来：“我是有点儿像流浪猫，对不对？”

“好吧。”西奥多拉又拿起她的铅笔，“你有你自己的家，”她说，“到时候你会很乐意回去的，内尔，我的内莉。我猜我们全都会很乐意回家去的。关于昨晚那些声音你是怎么写的？我不会形容它们。”

“我会去的，你知道。”埃莉诺说，“我就是会去。”

“内莉，内莉。”西奥多拉又笑了起来。“瞧，”她说，“这只是一个夏天，只是用几个星期来乡间参观一座可爱的老避暑胜地。回到家里你有你的生活，我有我的生活。等夏天结束，我们就回去。当然，我们会互相写信，也许会互相拜访，但山屋不是永远，你知道的。”

“我能找个工作，我不会碍你的事。”

“我不明白。”西奥多拉恼怒地丢下铅笔，“你总会去不需要你的地方吗？”

埃莉诺平静地微笑着。“从来没有任何地方需要我。”她说。

3

“到处都洋溢着母爱，”卢克说，“样样事物都这么柔软，每样东西都装填了垫料。极好的环绕式椅子和沙发，只是等你坐下就发现它们又硬又不舒服，立刻就排斥你——”

“西奥？”埃莉诺轻轻地说，西奥多拉看看她，为难地摇了摇头。

“——到处都是把手。小小的脆弱的玻璃把手，弯弯地向你伸出来，引诱着你——”

“西奥？”埃莉诺说。

“不，”西奥多拉说，“我不会带上你。而且我也不想再讨论它了。”

“也许，”卢克一边说，一边看着她们，“最让人厌恶的地方是对球体的强调。我要请你们不带偏见地看一看由小块碎玻璃黏合制成的灯罩，或是楼梯上那些球状的大灯，再或是西奥手边那个带凹槽的彩虹色糖果罐。餐厅里有一个孩子用双手托着一个特别肮脏的黄色玻璃碗，还有一个盛糖用的复活节彩蛋，内侧景象是牧羊人在跳舞。一位丰满的女士用头顶起楼梯扶栏，还有客厅里玻璃下边——”

“内莉，放过我吧。让我们一路散步到小溪去，或是干点儿别的。”

“——是一张孩子的脸，用十字形针法绣成的。内尔，别那么忧虑，西奥仅仅是提议你们一路散步到小溪去。只要你愿意，我也一起去。”

“干什么都行。”西奥多拉说。

“去把兔子吓跑。只要你愿意，我会带上一根手杖。只要你愿意，我也可以不去。西奥只用吩咐一声。”

西奥多拉笑了起来：“也许内尔更愿意待在这儿，在墙上写字。”

“这太刻薄了，”卢克说，“你心肠太硬，西奥。”

“我还想听牧羊人在复活节彩蛋里跳舞的事。”西奥多拉说。

“一个被包在糖里的世界。六个牧羊小人在跳舞，还有一个牧羊女穿着粉色和蓝色衣裙，躺在长满苔藓的河岸上欣赏着他们；有鲜花、树木和绵羊，还有一个老牧羊人吹着风笛。我愿意当个牧羊人，我想。”

“如果你不是个斗牛士的话。”西奥多拉说。

“如果我不是个斗牛士的话。内尔的风流韵事是咖啡馆里的谈资，你一定记得。”

“潘神[1]，”西奥多拉说，“你应该住在一棵空心树里，卢克。”

“内尔，”卢克说，“你没在听。”

“我想你吓到她了，卢克。”

---

〔1〕 潘神，又称为牧神，专门照顾牧人、猎人、农人和住在乡野的人，希腊神话中司羊群和牧羊人的神，生性好色。

“是因为总有一天山屋会变成我的吗？山屋，连同它那数不尽的宝物和那些衬垫。我对一座房子并不温柔，内尔，我可能会突发一阵烦躁，打碎盛糖用的复活节彩蛋，或是打破小孩的双手，再或是跑上跑下地跺脚和大喊大叫，用手杖击打那些黏合玻璃制成的台灯，猛抽那位头顶楼梯扶栏的丰满女士，我可能会——”

“你瞧，你确实吓到她了。”

“我想是的，”卢克说，“内尔，我只是在胡说八道。”

“我都不信他有一根手杖。”西奥多拉说。

“事实上，我有。内尔，我只是在胡说八道。她在想什么，西奥？”

西奥多拉谨慎地说：“在我们离开山屋之后，她想让我带她回家，可我不会这么做。”

卢克笑了。“可怜的傻内尔。”他说，“恋人的相遇终结了行程。让我们去溪边吧。”

“一座母爱之屋，”当他们走下游廊的台阶，走向草坪时，卢克说，“一位女主人，一位女校长，一位女舍监。我敢肯定等山屋属于我，我会是个很糟糕的男舍监，就像我们的亚瑟。”

“我不能理解有人想要拥有山屋。”西奥多拉说，卢克转过身去，带着兴味看着那房子。

“你永远不知道你会想要什么，直到你清楚地看见它。”他说，“如果我根本没机会拥有它，我的感觉可能会很不一样。就像内尔有一次问我的那样，人们真正想从别人那里得到的是什么呢，对其他人有什么用处？”

“我母亲去世是因为我的过失。”埃莉诺说，“她敲着墙，一遍又一遍地喊我，我却一直没醒。我本该拿药给她的，之前我总是这么做，但这一次她喊了我，我却一直没醒。”

“如今你早该把那一切都忘掉了。”西奥多拉说。

“自那之后我一直都在想，我是不是醒了。我是不是醒了，听见了她，然后就那样又睡着了。事情本来很容易的，我一直在想。”

“在这儿拐弯，”卢克说，“如果我们要去小溪的话。”

“你想得太多了，内尔。你很可能只是爱把它看作你的过失。”

“不管怎样，这早晚会发生的。”埃莉诺说，“不过当然，无论它何时发生，都会是我的过失。”

“如果它没有发生，那你就不会来到山屋了。”

“我们排成一列纵队走过去，”卢克说，“内尔，你先走。”

埃莉诺微笑着带头继续向前，惬意地在小径上踢着脚走路。现在我知道我在往哪儿走了，她想，我给她讲了我母亲的事，所以已经没事了。我会找到一座小房子，或是像她住的那样的一间公寓。我每天和她见面，我们会一起寻找可爱的东西——一个镶金边的盘子，一只白猫，一个盛糖用的复活节彩蛋，还有一个星星杯。我再也不会感到害怕或孤单，我会管自己叫埃莉诺，只用这几个字。“你们两个在说我的事吗？”她回头问。

过了一会儿卢克礼貌地回答：“一场善与恶之间的斗争，为了争夺内尔的心灵。不过，我猜我不得不去当上帝。”

“不过当然，她不能信任我们两人中的任何一个。”西奥多拉顽皮地说。

“肯定不能是我。”卢克说。

“而且，内尔，”西奥多拉说，“我们根本没在说你的事。就好像我是个女体育老师。”她有点生气地对卢克说。

我等了这么长时间，埃莉诺想，我终于赢得了自己的幸福。她带着他们走到山坡顶上，俯视那一排修长的树影，他们必须经过那里才能到达溪边。树木在天空下显得很秀丽，她想，那么笔直又自在，卢克说错了，不是到处都软，因为树木是硬的，就像木刻出来的树林。他们还在说我的事，说我是怎样来到山屋，遇到西奥多拉的，如今我不会让她走掉。她能听见身后传来他们的低语声，声音有时染上恶意变得尖利，有时在嘲讽中升高，有时在一阵亲密的大笑中激动起来。她恍恍惚惚地走着，听见他们跟在后边。她知道他们比她晚一点儿走进高高的草丛，因为青草在他们脚下嘶嘶地移动，一只受到惊吓的蚱蜢疯狂地跳走了。

我可以在她的店里帮忙，埃莉诺想，她喜欢美丽的东西，我会和她一起去寻找它们。我们能去任何我们想去的地方，只要我们愿意，就能走到世界的尽头，等我们想回来了再回来。现在他在给她讲他所了解的我——我不太容易上当，在我四周有一道夹竹桃组成的墙壁，而她大笑着，因为我不会再孤单。他们那么相像，又是那么好心。我真没指望他们会给予我这么多。我来这儿实在是太对了，因为恋人的相遇终结了行程。

她走在树木坚硬的枝条下面，有别于小径上的烈日当空，树荫处是可喜的凉爽。现在她得更小心地走路，因为这是下坡路，有时会有石头和树根横在路上。在她身后，他们的说话声没有停，快速而尖利，接着语速放慢，夹杂着笑声。我不会回头看的，她开心地想，因为那样他们就会知道我在想什么，总有一天我们会一起谈起这些，西奥和我，等我们有了充裕的时间。我的感觉多奇妙，她一边想，一边从树林里走出来，走上通往小溪的最后一段陡峭的山路，我陷入了一桩奇事，却仍感到喜悦。在我快走到溪边，走到那天她差点跌倒的地方之前，我不会四处张望，我会让她想起小溪里的金鱼，还有我们的野餐。

她在狭窄的绿色岸边坐下，用下巴抵住膝盖。我不会忘记人生中的这一刻，她一边向自己许诺，一边听着他们的说话声和脚步声，他们正慢慢地下山。“快点，”她说着转过头去找西奥多拉，“我——”然后她沉默了。山坡上没有人，什么都没有，除了沿着小径传来的清晰的脚步声，还有模糊的嘲弄的笑声。

“谁——？”她低声说，“谁？”

她能看见青草在脚步的重压之下倒地。她看见又一只蚱蜢疯狂地跳走，一块卵石受到撞击滚到一边。她清楚地听见脚步掠过小径的声音，接着，她重重地后退一步，听见迫近的笑声。“埃莉诺，埃莉诺”，她在脑海内外都听见了它，她一生中都在听着这声呼唤。脚步声停下了，她被一阵强烈的空气流动绊住，以至于站立不稳，然后她被扶住了。“埃莉诺，埃莉诺”，她在冲过耳边的气流中听见这声音，“埃莉诺，埃莉诺”，她被紧紧地扶住了，安全了。一点儿也不冷，她想，一点儿也不冷。她闭上双眼，向后靠在河岸上，心里想，别放开我。接着她又想，留下，留下，因为抓住她的力道正悄悄地溜走，离她远去，逐渐消逝。“埃莉诺，埃莉诺”，她又一次听见。她站在溪边，全身抖得就好像太阳已经落山，她没有一丝惊讶地望着空无一物的步伐蹚过小溪，激起小小的涟漪，接着走上对岸的草地，缓慢地、爱抚地爬上山坡，翻过坡顶。

她颤抖着站在溪边，差一点就要说“回来”，然后她转身疯狂地跑上山坡，边跑边哭，大声呼唤：“西奥？卢克？”

她在一片小树林里找到了他们，他们正靠着一根树干轻柔地交谈，笑容满面。当她跑向他们时，他们转过身，大吃一惊，西奥多拉几乎发起火来。“这次你究竟又想要什么？”她说。

“我在溪边等着你们——”

“我们决定待在这里，这儿很凉快，”西奥多拉说，“我们以为你听见我们喊你了。对不对，卢克？”

“哦，对。”卢克窘迫地说，“我们确信你听见我们喊你了。”

“不管怎样，”西奥多拉说，“我们马上就要跟上你了。对不对，卢克？”

“对，”卢克说，露齿而笑，“哦，对。”

4

“地下水。”博士边说边挥着他的餐叉。

“胡说。所有饭菜都是达德利太太做的吗？芦笋还算不错。亚瑟，让那个年轻人帮你盛点芦笋。”

“亲爱的，”博士怜爱地看着他的妻子，“我们已经习惯于在午餐之后休息大概一个小时，如果你——”

“当然不用，我在这儿有太多事情要做。我必须和你的厨子谈一谈，必须确保我的房间通了风，必须为今晚再用占卜写板做好准备，亚瑟必须清洁他的左轮手枪。”

“战士的标志，”亚瑟承认，“总让武器保持良好状态。”

“当然，你和这些年轻人可以休息。也许你没有我的那种紧迫感，那种极度的冲动，想要去帮助在这里游荡不安的可怜的灵魂。也许你觉得我这样同情它们是愚蠢的，甚至在你眼中我是荒谬可笑的，因为我会为一个迷失的、被抛弃的无助灵魂而流泪，纯粹的爱——”

“玩槌球吗？”卢克慌忙说，“槌球，也许？”他急切地看看这个又看看那个。“羽毛球？”他提议，“还是槌球？”

“地下水？”西奥多拉帮他补充。

“我不玩这些花哨的玩意儿，”亚瑟坚定地说，“总是告诉我的小伙子们这是下流男人的标志。”他沉思地看着卢克，“下流男人的标志。花哨的玩意儿，女人们照顾着你。我的小伙子们自己照顾自己。男人的标志。”他对西奥多拉说。

“那你还教他们什么？”西奥多拉礼貌地问。

“教？你是指——我的小伙子们学什么？你是指——代数，这类的？拉丁语？当然。”亚瑟得意地往后坐了坐，“那类东西都留给教师们去教。”他解释说。

“那你的学校里有多少小伙子？”西奥多拉倾身向前，感兴趣地与他殷勤交谈，亚瑟有点飘飘然了。在桌子上首，蒙塔古太太皱起眉头，不耐烦地敲着她的手指。

“多少个？多了去了。有个一流的网球队，你知道。”他朝西奥多拉微笑，“一流的，绝对是第一流的。那些懦夫不算数吧？”

“那些懦夫，”西奥多拉说，“不算数。”

“哦。网球，高尔夫，棒球，田径，板球。”他狡猾地微笑，“猜不到我们玩儿板球，对不对？还有游泳和排球。不过，有些小伙子什么都会，”他急切地告诉她，“全能型。大概七十个人，总共。”

“亚瑟？”蒙塔古太太没法再控制自己，“好了，别三句话不离本行。记住你是在度假。”

“对，我真笨。”亚瑟天真地微笑。“得去检查武器了。”他解释说。

“现在是两点。”达德利太太在门口说，“我两点收拾餐桌。”

5

西奥多拉大笑起来，同时埃莉诺躲在凉亭后边的阴影深处，用双手捂住嘴以防发出声音暴露自己。我必须得弄清楚，她想着，我必须得弄清楚。

“它叫作《格拉顿谋杀案》，”卢克正在说，“很可爱。如果你愿意，我还能唱给你听。”

“下流男人的标志。”西奥多拉又笑了起来，“可怜的卢克。要是我就会说‘骗子’。”

“如果你宁愿和亚瑟一起度过这段短暂的时光……”

“我当然宁愿和亚瑟一起，一位受过教育的男士总是令人愉快的同伴。”

“板球，”卢克说，“从没想过我们会玩儿板球，对不对？

“唱吧，唱吧。”西奥多拉笑着说。

卢克唱了起来，他用一种带着鼻音的单调声音，清晰地唱出每个词：

第一个是年轻的小姐格拉顿，
竭力阻拦他登门入室；
他用谷物刀把她刺死，
这就是罪行如何开始。

下一个是奶奶格拉顿，
又老又累又苍白；
拼命驱赶袭击者，
直到力气全用完。

下一个是爷爷格拉顿，
总是坐在壁炉旁；
他从背后偷靠近，
一根电线勒颈项。

最后是婴儿格拉顿，

睡在带轮矮床上；
猛敲他的小肋骨，
直到那孩子死亡。

然后又吐了些烟末，
在他金黄的脑袋上。

等他唱完，有片刻的沉默，然后西奥多拉无力地说：“它确实可爱，卢克。特别迷人。我要是再听到它一定会想起你。”

“我打算唱给亚瑟听。”卢克说。他们什么时候才会说起我的事？埃莉诺躲在阴影里想。过了一分钟卢克懒散地接着说：“我想知道等博士动笔的时候，他的书会是什么样？你觉得他会把我们写进去吗？”

“你很可能会作为一个热心又年轻的灵异现象研究者出现在书里，而我将会是一位有着不可否认的天赋，却名声可疑的女士。”

“我想知道蒙塔古太太会不会有属于她自己的一章。”

“还有亚瑟，还有达德利太太，我希望他别把我们都简化成一张图表里的数字。”

“我很怀疑，我很怀疑，”卢克说，“今天下午真热，”他说，“我们能做点儿凉快的事吗？”

“我们可以请达德利太太自制柠檬水。”

“你知道我想干什么吗？”卢克说，“我想去探险。让我们跟着小溪走到山里去，看看它从哪儿来，也许什么地方还有个池塘，能让我们游泳。”

“或是一道瀑布，那条小溪看上去像是天然形成的，源自一道瀑布。”

“那就走吧。”埃莉诺在凉亭后面倾听，听见他们的笑声，还有他们沿着小径向房子跑去的脚步声。

6

“这儿有个有趣的东西，这儿，”亚瑟勇敢地努力引起对方的兴趣，“在这本书里，写着怎么用普通的儿童蜡笔做出蜡烛来。”

“有趣。”博士听上去有点不耐烦，“请你原谅，亚瑟，我有这么多笔记要整理。”

“当然，博士。我们都有自己的活儿要干。不出声。”埃莉诺在小会客室门外听着，她听见亚瑟为了让自己坐定并保持安静而发出的窸窸窣窣的恼人声音。“在这附近没有太多事可做，是不是？”亚瑟说，“你们通常怎么打发时间？”

“工作。”博士简短地说。

“你把房子里发生的写下来？”

“对。”

“你把我加进去了吗？”

“不。”

“你好像应该把我们从占卜写板得来的笔记加进去。现在你正在写什么？”

“亚瑟，你能看本书吗，或是干点儿什么？”

“当然。从来都不想讨人厌。”埃莉诺听见亚瑟拿起一本书，又放下，点了一支烟，叹了口气，微微挪动身子，然后终于说道，“听我说，这附近就没有任何事可做了吗？大家都去哪儿了？”

博士不感兴趣，但还是耐着性子说：“西奥多拉和卢克去小溪那里探险了，我想。我猜其他人就在附近什么地方，我认为我的妻子正在找达德利太太。”

“哦。”亚瑟又叹了口气。“还是看书为好，我想。”他说，然后过了一分钟，“哎呀，博士。我不想打扰你，但是听听这本书里写的这个……”

7

“不。”蒙塔古太太说，“我不赞成把年轻男女扔在一处，达德利太太，如果我的丈夫在安排这个异想天开的乡间别墅招待会之前征求我的意见——”

“好吧。”这是达德利太太的声音。埃莉诺把身体贴在餐厅门上，盯着门上的木质镶板，听得瞠目结舌。“我总是说，蒙塔古太太，人只能年轻一回。那些年轻人玩得很开心，这对他们来说最自然不过了。”

“但生活在同一个屋檐下——”

“这并不是说他们还不够成熟，不能明辨是非。我认为，不管卢克先生有多放荡，那位漂亮的西奥多拉小姐已经长大，足够照顾自己了。”

“我需要一块干擦碗布，达德利太太，用来擦银器。这真让人遗憾，我想，如今孩子们的这种成长方式，他们什么都知道。对他们来说应该更神秘一些，应该有更多事情只属于成年人，而他们不得不等到以后才会明白。”

“那他们就得费一番功夫才能明白了。”达德利太太的声音又惬意又放松。“今天早上达德利从园子里拿来这些西红柿，”她说，“今年长得不错。”

“要不要我来做西红柿啊？”

“不，哦，不。你坐在这儿休息一下，你已经干得够多了。我来烧水，然后我们来好好地喝杯茶。”

8

“恋人的相遇终结了行程，”卢克说，他朝房间对面的埃莉诺微笑，“西奥穿的那条蓝裙子真的是你的吗？之前我从来没见过它。”

“我是埃莉诺，”西奥多拉恶作剧地说，“因为我有胡子。”

“你真是明智，带了够两个人穿的衣服，”卢克告诉埃莉诺，“西奥要是穿着我的旧运动上衣，看上去就不会有现在的一半好看。”

“我是埃莉诺，”西奥说，“因为我穿着蓝色。我的爱人名字以 E 开头，因为她超凡脱俗，她的名字是埃莉诺，她活在期待里。”〔1〕

她表现得很刻薄，埃莉诺不带感情地想。她似乎是从很远的地方看着这些人，听他们说话。现在她想的是，西奥表现得很刻薄，而卢克正努力表现善意，卢克为他笑话我而感到羞愧，他为西奥表现得刻薄而感到羞愧。“卢克，”西奥说着瞥了埃莉诺一眼，“过来再给我唱首歌。”

“晚点儿再说吧，”卢克不自在地说，“博士刚摆好棋盘。”他有些匆忙地转身走开。

西奥多拉赌气地把头靠在椅背上，闭上眼睛，很明显下定决心不再说一句话。埃莉诺坐在那儿，低头看着她的双手，听着房子里的各种声音。在楼上某个地方，一扇门悄悄地自己关上了。一只鸟在塔楼上短暂地停了一下，然后飞走了。厨房里的炉子已经熄灭，正在冷却，发出轻微柔和的嘎吱声。一只动物——一只兔子？——在凉亭旁边的灌木丛中跑动。她对这房子有种全新的感知力，甚至能

---

〔1〕 超凡脱俗（ethereal）和期待（expectation）都以字母 e 开头。

听见灰尘在阁楼上飘浮的声音，还有木材老化的声音。只有图书室对她关闭，她听不见蒙塔古太太和亚瑟俯身在占卜写板上的粗重呼吸声，也听不见他们那些令人兴奋的小问题，她听不见书籍腐坏的声音，或是铁锈渗进通往塔楼的旋转楼梯的声音。她都不用抬眼，就能听见小会客室里西奥多拉恼火的手指轻敲声，还有棋子被人放下的轻微响动。她听见图书室的门被摔开，接着一阵刺耳而愤怒的脚步声向小会客室走来，当蒙塔古太太打开门长驱直入，他们全都转过身来。

“我必须说，”蒙塔古太太声音尖厉，一口气爆发出来，“我真的必须说这是最令人生气的——”

“亲爱的。”博士站起来，但蒙塔古太太生气地挥挥手让他走开。“如果你懂得礼貌的话——”她说。

亚瑟驯服地跟着她进来，走过她身边，几乎是偷偷摸摸地坐在炉火边的一张椅子上。当西奥多拉转向他时，他谨慎地摇了摇头。

“基本的礼貌。毕竟，约翰，我确实跑了这么远的路过来，亚瑟也是，就为了帮你，而我必须得说我没想过会遭到你这样的冷嘲热讽和怀疑，在所有人中偏偏是你，还有这些——”她向埃莉诺、西奥多拉和卢克做了个手势，“我唯一的请求，我唯一的请求，就是最起码的信任，只要对我尝试要做的事情有一丁点儿同情，而你却不相信，你嘲笑我，你奚落、揶揄我。”她喘着粗气，面红耳赤，朝博士晃着手指。“占卜写板，”她怨恨地说，“今晚不肯跟我讲话，从占卜写板那里我一个字都没得到，这是你的嘲笑和怀疑引起的直接后果。占卜写板很有可能在几个星期之内都不跟我讲话——我可以告诉你，这在之前发生过；这在之前发生过，当时我让它经受了一群怀疑者的讥讽。我已经明白占卜写板要沉默几个星期了，鉴于我别无他意，只怀着高尚的动机来到这儿，至少我可以期待得到一点尊重。”她朝博士晃着手指，一时间说不出话来。

“亲爱的，”博士说，“我敢肯定我们当中没有人会有意去干扰你。”

“奚落和揶揄，不是吗？占卜写板的字字句句就摆在你们眼前，你们却心存怀疑，不是吗？这些年轻人无礼又粗野，不是吗？”

“蒙塔古太太，真的……”卢克说，但蒙塔古太太和他擦肩而过，自行坐下了，她的双唇紧闭，眼睛里燃烧着怒火。博士叹了口气，欲言又止，他转身离开妻子，示意卢克回到象棋桌旁。卢克担心地跟了过去。亚瑟在椅子上扭来扭去，低声对西奥多拉说：“从没见过她这么心烦意乱，你知道。等待占卜写板是种痛苦的经历。当然了，它极易被冒犯，对环境特别敏感。”他似乎认为自己已经令人满意地对当前局面做出了解释，便往后靠了靠，温顺地微笑着。

埃莉诺几乎没有在听，她模模糊糊地对房间里的动静感到疑惑。有人在四处走动，她无甚兴趣地想，是卢克在房间里来回踱步，轻声自言自语，这想必是一种古怪的下象棋方式吧？哼着歌？唱着歌？有一两次她差点辨认出只言片语，接着卢克悄声地说起话来，他就在象棋桌旁，在他该在的地方。埃莉诺转头看向空荡荡的房间中央，有人在那儿走动，轻声唱着歌，然后她清楚地听见：

步行穿过山谷，
步行穿过山谷，
步行穿过山谷，
就像我们以前那样……

哎呀，我知道这个，她一边想，一边倾听，因这模糊的旋律而微笑起来。我们玩过那个游戏，我还记得。

“这仅仅是因为，它是一部最为精细和复杂的设备。”蒙塔古太太正对西奥多拉说着，她还在生气，但在西奥多拉满含同情的关心下明显软化了，“很自然，哪怕是一丝怀疑的气息都会冒犯它。如果人们拒绝相信你，你会有什么感觉？”

从窗户进进出出，

从窗户进进出出，
从窗户进进出出，
就像我们以前那样……

声音很轻，可能只是一个孩子的声音，甜美地、细声细气地唱着，不加修饰。埃莉诺微笑着，回忆着，倾听着这首小曲，它比蒙塔古太太继续谈论占卜写板的声音还要清晰。

出发去见你的爱人，
出发去见你的爱人，
出发去见你的爱人，
就像我们以前那样……

她听见小小的旋律逐渐消逝，感到有人靠近她而引起的轻微的空气流动，有什么东西几乎从她的脸上扫过，也许是一声轻轻的叹息拂过她的脸颊，她吃惊地转过头。卢克和博士俯身对着棋盘，亚瑟推心置腹地凑近西奥多拉，蒙塔古太太在讲话。

他们没有一个人听见，她愉悦地想，没有人听见，除了我。

第九章

1

埃莉诺动作轻柔地关上身后的卧室门，不想吵醒西奥多拉，不过关门的声音不太可能吵醒睡得像西奥多拉这么香的人，她想。我是自己学会睡得很轻的，她宽慰自己，因为我得留神听着母亲的声音。走廊里一片昏暗，只有楼梯上方的小夜灯照明，所有房门都关着。好笑的是，埃莉诺无声地光脚踩在走廊地毯上，心里想着，在这里你不用担心晚上发出噪音，至少不用担心会有人知道是你，这样的房子我只知道这一所。她醒来的时候，就产生了下楼去图书室的念头，而且她的头脑还给出一个理由。我睡不着，她解释给自己听，所以我下楼去拿本书。如果有人问我要去哪儿，我就说要下楼去图书室拿本书，因为我睡不着。

很暖和，令人昏昏欲睡、感到舒适的暖和。她光着脚，无声地走下中央楼梯，走向图书室的房门，然后她突然想到，可我不能进去，我没得到许可进去。——门口有股腐烂的气味，她退缩了，那气味令她作呕。“母亲。”她大声说，飞快地往后退。“来吧。”一个从楼上传来的声音清晰地回答她，埃莉诺转过身，热切地跑向楼梯。“母亲？”她轻轻地说，又重复了一遍，“母亲？”一丝轻柔的笑声向她飘落，她气喘吁吁地跑上楼梯，停在楼梯顶端，对着那些关闭的房门左看右看。

“你就在这儿的某个地方。”她说，小小的回声传向走廊深处，乘着细微的气流悄悄地溜走了。“某个地方，”它说，“某个地方。”

埃莉诺大笑着跟上它，悄无声息地在走廊上跑，一直跑到育儿室门口。“冷点”不见了，她笑着抬起头，那两张咧着嘴的脸庞正在俯视她。“你在这儿吗？”她在门外低语，“你在这儿吗？”然后她敲了敲门，用拳头重重地敲。

“谁？”蒙塔古太太在屋里，显然刚被惊醒，“谁？请进，不管你是什么。”

不，不，埃莉诺一边想，一边抱紧自己，不出声地笑着，不在这儿，不是跟蒙塔古太太在一起。她溜进走廊，听见蒙塔古太太在她后边喊：“我是你的朋友，我对你没有恶意。进屋来，告诉我是什么让你苦恼。”

她不会打开她的门，埃莉诺机灵地想，她不害怕，但她不会打开她的门。然后，她重重地敲了亚瑟的门，听见亚瑟醒来时倒抽了一口气。

她跳跃着来到西奥多拉门前，脚下的地毯很软。不忠实的西奥，她想，冷酷的、大笑的西奥，醒过来，醒过来，醒过来。她笑着对房门使劲又敲又拍，摇晃门把手，然后敏捷地继续跑到卢克门前猛敲。醒过来，她想，醒过来，接着做背信弃义的事。他们没有一个人会打开房门，她想，他们会坐在屋里，用毯子裹住自己，颤抖着想知道接下来还有什么会发生在他们身上。醒过来，她边想边敲博士的房门，我打赌你不敢开门，出来看我在山屋的走廊上跳舞。

接着西奥多拉疯狂地大声喊起来，让她吓了一跳。“内尔？内尔？博士，卢克，内尔不在这儿！”

可怜的房子，埃莉诺想，我忘了埃莉诺，现在他们不得不开门了。然后她飞快地跑下楼梯，听见在她后边，博士焦急地抬高了声音，西奥多拉在喊：“内尔？埃莉诺？”他们多傻啊，她想，现在我不得不进图书室去了。“母亲，母亲，”她低语，“母亲。”她在图书室门口驻足，心怀厌恶。在她身后，她能听见他们在楼上走廊里讲话。有趣，她想，我能感觉到整栋房子的声音，甚至能听见蒙塔古太太抗议的声音，还有亚瑟的，接着博士清晰地说：“我们必须去找她。大家请快一点。”

好吧，我也能快一点，她想，然后就沿着过道跑向小会客室。开门的时候炉火朝她闪烁了几下，象棋摆在卢克和博士离开棋局的地方。西奥多拉系着的围巾搭在椅背上，我也能好好地爱护那东西，埃莉诺想，女仆的寒酸服饰。她咬住围巾的一头撕扯它，接着又听见他们下楼的声音。他们正一起往楼下走，焦急地告诉彼此先找什么地方，不时地喊着："埃莉诺？内尔？"

"来了。来了。"她听见这声音从房子里某个遥远的地方传来，她听见楼梯在他们脚下震动，一只蟋蟀在草坪上跳来跳去。她又大胆而欢快地沿着过道跑向门厅，从入口处偷看他们。他们坚定地并肩向前走，尽量靠近彼此，博士的手电筒扫过大厅，停在高大的正门上，正门大开着。接着，他们喊着"埃莉诺，埃莉诺"，慌慌张张地一起跑过大厅，跑到正门外张望、大喊，手电筒起劲地四处移动。埃莉诺紧紧贴在门上，笑得眼泪都出来了。他们多傻啊，她想，我要骗他们太容易了。他们行动那么缓慢，听觉那么迟钝，步履那么沉重；他们到处糟蹋这房子，左戳戳右看看，举止粗野。她跑过大厅，经过游戏室，跑进餐厅，然后进了厨房，和厨房里那些房门待在一起。待在这儿很好，她想，当我听见他们的时候，我能去往任何方向。等他们跌跌撞撞地回到前厅，喊着她，她飞快地猛冲到游廊上，冲到凉爽的夜晚中。她背靠着门站在那儿，山屋的少许雾气缠绕着她的脚踝，她抬头看着迫近的大山。舒适地被群山围住，她想，又安全又暖和，山屋太幸运了。

“埃莉诺？”他们离得很近了，她顺着游廊跑，然后冲进客厅。“休·克兰，”她说，“你会和我一起跳舞吗？”她向倾斜的庞大雕像行了个屈膝礼，它的双眼闪烁着光芒，照在她身上，星星点点的反射光线投向几座小塑像和镀金的座椅。她庄重地在休·克兰面前跳舞，后者望着她，眼睛闪闪发光。“从窗户进进出出，”她唱着，并感到她的双手在舞蹈中被人握住，“从窗户进进出出。”她一直跳到屋外游廊上，然后绕着房子跳舞。绕着房子一圈又一圈，她想，他们却没有人能看见我。她经过一扇厨房门的时候轻轻触摸了一下，同时在六英里之外，达德利太太在睡梦中打了个寒战。她走向塔楼，塔楼被房子紧紧地抱住，被房子竭尽全力地牢牢抓住，她慢慢地走过它的灰色石墙，没有得到允许碰触它，哪怕是它的外表。然后她转过身，站在正门口。大门又关上了，她伸出手毫不费力地打开了它。于是我走进山屋，她告诉自己。然后她迈步进去，就好像山屋是属于她的。“我在这里，”她大声说，“我已经去过房子各处，从窗户进进出出，我还跳了舞——”

“埃莉诺？”是卢克的声音。在他们所有人里，我最不想让卢克抓到我，她哀求地想，别让他看见我。然后，她转身一口气跑进了图书室。

我终于在这儿了，她想，我在图书室里边了。一点儿都不冷，反而暖和得让人愉快、令人喜爱。这里的光线足够她看清盘旋向上通往塔楼的铁楼梯，还有顶上的小门。她脚下的石头地板轻柔地摇动，摩擦着她的脚底，四周绵软的空气触碰着她，搅乱她的头发，飘过她的指尖，如轻喘一般拂过她的嘴唇，而她还在转着圈跳舞。没有石头狮子等着我，她想，没有夹竹桃，我已经打破了山屋的咒语，不知怎的就进来了。我到家了，她想，然后她停下动作，为这个念头吃了一惊。我到家了，我到家了，她想，现在往上爬吧。

攀登狭窄的铁楼梯简直令人陶醉，一面爬得越来越高，一圈又一圈，一面抓紧细长的铁扶栏向下看，深深地一直往下，看向石头地板。她边向上爬，边向下看，心中想到的是屋外柔软的青草、起伏的群山和茂密的树林。她抬头望去，想起山屋的塔楼在树木间得意扬扬地耸立着，高高地立在道路上方，那条路蜿蜒穿过希尔斯戴尔，经过一座花园里的白房子，经过魔法夹竹桃，经过石头狮子，然后继续向前，到很远、很远的地方，通往一位要为她祈祷的小个子妇人。现在时间已经终结，她想，所有那些都已离去，被抛在身后，而那位可怜的小个子妇人仍在祈祷，为了我。

“埃莉诺！”

有一分钟的时间她想不起他们是谁（他们是她在有石狮子的房子里的客人吗？他们在她烛光下的长桌子上

用过餐吗？她在翻滚河流上的小餐馆里遇到过他们吗？他们中有没有一个人曾经骑马跑下青山，旗帜飘扬？他们中有没有一个人在黑暗中跑在她身边？然后她想起来了，他们各自回到了属于自己的位置），然后她犹豫着抓紧扶栏。他们的身影是那么小，产生不了影响。他们站在最底下的石头地板上，指着她，他们冲她大喊，声音急切而遥远。

“卢克。”她说着记起来了。他们能听见她，因为他们在她开口时很安静。“蒙塔古博士，”她说，“蒙塔古太太，亚瑟。”她记不得另一个人，那个人沉默地站在稍远一点的地方。

“埃莉诺，”蒙塔古博士喊着，“你要很小心地转过身来，然后慢慢地下楼梯。动作要很慢很慢，埃莉诺，要一直抓牢栏杆，现在转身下来吧。”

“这个人究竟在做什么？”蒙塔古太太询问道，她的头发上夹着卷发夹，她的浴袍在肚子上画着一条龙，“让她下来，我们好回去睡觉。亚瑟，让她立刻下来。”

“听我说。”亚瑟开口说，而卢克走到楼梯脚下开始往上爬。

“看在上帝分上一定要小心，”博士在卢克稳步上行时说，“这东西已经腐坏，从墙壁上脱离了。”

“它撑不住你们两个，”蒙塔古太太肯定地说，“你会让它掉到我们头上的。亚瑟，到门这边来。”

“埃莉诺，”博士喊着，“你能转过身来，慢慢地往下走吗？”

在她头顶上只有通往角楼的小活板门。她站在狭小的平台上，推着活板门，但它一动不动。她徒劳地用拳头捶打它，狂乱地想，让它打开，让它打开，不然他们就要抓住我了。她回头瞥了一眼，能看见卢克在稳步攀登，一圈又一圈。“埃莉诺，”他说，“站着别动。别动。”他听上去很害怕。

我没法脱身了，她想，然后又向下看。她清晰地看见一张面孔，有个名字出现在她脑海中。“西奥多拉。”她说。

“内尔，照他们说的去做。求你了。”

“西奥多拉？我出不去，门被钉死了。”

“它被钉死真是太他妈对了，”卢克说，“你运气也好，我的姑娘。”他非常慢地向上爬，几乎快要到达狭窄的平台了。“一动都别动。”他说。

“一动都别动，埃莉诺。”博士说。

“内尔，”西奥多拉说，“请照他们说的做。”

“为什么？”埃莉诺向下看，看见在她下方那让人头晕目眩的塔楼高度，依附在塔壁上的铁楼梯在卢克脚下摇晃变形，还有冰冷的石头地板，以及遥远、苍白、目不转睛的一张张面孔。“我怎么才能下去？”她无助地问，“博士——我怎么才能下去？”

“非常缓慢地移动，”他说，“照卢克说的去做。”

“内尔，”西奥多拉说，“别害怕，会没事的，真的。”

“当然会没事的。”卢克沉着脸说，“很可能只有我会摔断脖子。坚持住，内尔，我正在爬上平台。我要到你身后去，这样你就能在我前边下去。”尽管经过一番攀登，他看上去并没有喘不过气，但当他伸手去抓扶栏的时候，他的手在打战，他的脸是湿的。“来吧。”他急切地说。

埃莉诺畏缩不前。“上次你让我先走，你却一直没跟来。”她说。

“也许我不如干脆把你推下去，”卢克说，“让你摔在地板上。现在放规矩点儿，动作慢点儿，越过我下楼去。你得寄希望于，”他怒气冲冲地加了一句，“我能经得住诱惑，不推你一把。”

她温顺地走过来，在卢克小心地越过她时，她贴紧坚硬的石墙。“开始往下走吧，”他说，“我就在你身后。”

每走一步，铁楼梯都摇摇欲坠地震动和呻吟，她摸索着前进。她看见自己抓住扶栏的手由于握得太紧而变得苍白，看见自己光着的脚一次踏出一只，一步又一步，极度小心地移动着，但她再也没有向下看过石头地板。慢点儿走，她一遍又一遍地告诉自己，不要去想楼梯以外的事情，看上去它在她脚下几乎要弯曲坍塌了，慢点儿走，再慢点儿，再慢点儿。“稳住，”卢克在她身后说，“放松，内尔，没什么好怕的，我们快到了。”

在她下方，博士和西奥多拉不自觉地伸出胳膊，仿佛准备好如果她摔下来就接住她。有一次埃莉诺绊了一下，踩空了一级，她紧紧抓住扶栏的时候，扶栏晃来晃去，西奥多拉倒抽了一口气，跑去扶住楼梯的底部。“没事的，我的内莉，”她一遍又一遍地说，“没事的，没事的。”

“只剩一步路了。”博士说。

埃莉诺缓慢地移动着，一步一步往下走，终于，她还没意识到就已经走下了楼梯，踏上石头地板。在她身后，楼梯摇晃着哐啷作响，同时卢克从最后几级楼梯上跳下来，稳步穿过房间，跌坐在一张椅子上，低着头，仍然在发抖。埃莉诺转过身，抬头看向她刚才站着的那极高的一小块地方，又看看在塔壁上弯曲摇摆的铁楼梯，然后小声说：“我跑上去了。我一路跑上去了。”

蒙塔古太太果断地从门口走过来，她和亚瑟刚才在那里躲避可能会倒塌的楼梯。“有人同意我的看法吗？”她极为宽大地问，“我想这位年轻女士今晚已经给我们带来了足够多的麻烦。就我个人而言，我想回去睡觉了，亚瑟也是。”

“山屋——”博士开口说。

“我可以告诉你，几乎可以肯定，这次幼稚的胡闹毁掉了今晚显灵的任何机会。在这场荒唐的表演之后，我肯定不指望还能看到任何一个我们逝去的朋友，所以请你们原谅——如果你确定你已经完成了摆姿势、表演和吵醒大忙人——我要说晚安了。亚瑟。”蒙塔古太太拂袖而去，那条狂暴的龙因为愤怒而颤抖着。

“卢克吓坏了。”埃莉诺说，看看博士，又看看西奥多拉。

“卢克当然吓坏了。”他从她身后出声附议，“卢克太害怕了，差点没法让自己从那儿下来。内尔，你真是个蠢货。”

“我倾向于赞同卢克的意见。”博士很生气，埃莉诺扭过头去，看着西奥多拉。西奥多拉说：“我猜你有不得不这么做的理由，内尔？”

“我没事。”埃莉诺说，她没法再看他们任何一个人。她吃惊地低头看着自己的光脚，突然意识到是它们把她从铁楼梯上无知无觉地搬运了下来。她看着她的双脚想了想，然后抬起头来。“我下楼去图书室是为了拿本书。”她说。

2

那真是丢脸，是场灾难。早餐时大家什么都没说，埃莉诺和其他人一样喝了咖啡，吃了鸡蛋和面包卷。她被允许和其他人一起慢吞吞地喝着咖啡，看着屋外的阳光，对即将度过的美好一日发表评论，有那么一会儿她可能已经被说服相信什么都没发生过。卢克递给她果酱，西奥多拉越过亚瑟的脑袋向她微笑，博士祝她早安。在早餐之后，在十点钟达德利太太进来之后，他们沉默地一个跟着一个，一言不发地走到小会客室，博士在壁炉前站定。西奥多拉穿着埃莉诺的红毛衣。

“卢克会把你的车开过来，”博士温和地说，尽管说这些话时，他的眼神是体谅和友好的，“西奥多拉会上楼为你收拾行李。”

埃莉诺咯咯笑着说：“她不能，她会没衣服穿的。”

“内尔——”西奥多拉欲言又止，瞥了一眼蒙塔古太太，后者耸耸肩说：“我检查了那个房间，这很自然，我想不通为什么你们没有一个人想到这么做。”

“我本来要去的。”博士辩解说，“但我想到——”

“你总是在想，约翰，那就是你的问题所在。很自然地我立刻检查了那个房间。”

“西奥多拉的房间？”卢克问，“我可不愿意再进去。”

蒙塔古太太听后很吃惊。“我想不出你为什么不愿意，”她说，“它没有什么不对劲。”

“我进去看了我的衣服，”西奥多拉对博士说，“它们没有任何问题。”

“那个房间需要打扫，当然，你能指望什么呢，如果锁上了门，达德利太太无法——”

博士提高的音量压过了他妻子。“——没法告诉你我的歉意有多深，”他说，“如果还有任何我能做的……”

埃莉诺笑了起来。“但我不能离开。”她一边说，一边绞尽脑汁想找些话来解释清楚。

“你已经在这儿待得够久了。”博士说。

西奥多拉注视着她。“我不需要你的衣服。”她耐心地说，“你刚才不是听见蒙塔古太太说了吗？我不需要你的衣服，而且即使我真的需要，现在我也不会穿它们了。内尔，你必须得离开这儿。”

“但我不能离开。”埃莉诺说，她仍然笑着，因为这根本不可能解释得清楚。

“女士，”卢克阴沉地说，“你不再是我的客人了。”

“也许亚瑟最好开车送她回城里。亚瑟可以保证她安全到那儿。”

“到哪儿？”埃莉诺冲他们摇着头，感觉到可爱而浓密的秀发散在脸颊周围。“到哪儿？”她开心地问。

“什么，”博士说，“当然是到家。”西奥多拉说：“内尔，你自己的小家，你自己的公寓，你所有的东西都在那儿。”埃莉诺笑了起来。

“我没有什么公寓，”她对西奥多拉说，“那是我瞎编的。我睡在姐姐家的一张简易床上，在婴儿房里。我没有家，连住处都没有。而且我没法回姐姐家，因为我偷了她的车。”听着自己的话，她笑了起来，这些话太没底气，悲伤得难以形容。“我没有家。”她又说，抱着希望注视着他们，“没有家。这个世界上属于我的东西只有汽车后面的一个纸箱。那是我的全部家当，在我还是个小姑娘的时候拥有的一些书和东西，还有母亲给我的一只手表。所以你们瞧，我无处可去。”

当然了，我可以继续前进，她想告诉他们，想象他们受惊的、瞪大了眼睛的脸孔。我可以继续前进，把我的衣服留给西奥多拉，我可以去流浪，无家可归，四处漂泊，而我总会回到这里。她想告诉他们，让我留在这儿会让事情更简单、更合理、更愉快。

“我想留在这儿。”她对他们说。

“我已经和她姐姐谈过了。”蒙塔古太太自命不凡地说，“我不得不说，她最先问起的事情是汽车。一个粗俗的人。我跟她说她不必为此担心。你犯了一个很大的错误，约翰，让她偷了她姐姐的车来到这儿。”

“亲爱的。”蒙塔古博士欲言又止，无可奈何地摊开双手。

“无论如何，有人在等她。她姐姐非常生我的气，因为他们原计划今天出发去度假，但是她没道理生我的气……”

蒙塔古太太怒视着埃莉诺。“我真的认为应该有人把她安全地交到他们手里。”她说。

博士摇摇头。“那会是个错误，”他慢慢地说，“派我们中的一员陪她回去会是个错误。必须让她忘记所有关于这房子的事，越快越好，我们不能延长这种联系。一旦离开这儿，她又会是她自己了。”“你能找到回家的路吗？”他问埃莉诺，埃莉诺笑了起来。

“我去把行李收拾好。”西奥多拉说，“卢克，检查她的车子，把它开过来。她只有一个行李箱。”

“终身监禁。”对着他们冷硬的面孔，埃莉诺又开始大笑起来，“终身监禁，”她说，“我想留在这儿。”

3

他们在山屋的台阶上紧紧地站成一排，把守着大门。她能看见他们头顶上的那些窗户在朝下看，塔楼狂妄地立在一侧等待着。假如她能想出任何办法来向他们解释，她也许就会哭出来，可正相反，她伤心地微笑着，抬头望着她自己的窗户，望着房子那愉快而自信的外观，它正安静地看着她。这房子正在等待，她想，它正在等她，其他任何人都没法满足它。“这房子想要我留下来。”她告诉博士，他凝视着她。他十分威严、特别僵硬地站在那儿，就好像他期待她会选择他而不是这房子，就好像因为是他把她带到这儿来的，他认为只要解除他的指令，就能把她再送回去。他转过身背对着房子，她真诚地看着他说：“对不起。我感到非常抱歉，真的。”

“你要去希尔斯戴尔。”他毫不动摇地说，也许他不敢说太多，也许他觉得一句和善或同情的话语，会反作用到他自己身上，又把她拉回来。阳光照在群山上，也照在房子、花园、草坪、树林和小溪上，埃莉诺深吸了一口气，转过身去看着这一切。“在希尔斯戴尔转到五号公路上，往东开，在阿什顿你会遇到三十九号公路，它会带你回家。为你自己的安全着想，”他带着一种急切的语气补充说，“为你自己的安全着想，亲爱的，相信我，如果我能预见这一切——”

“我真的非常抱歉。”她说。

“我们不能心存侥幸，你知道，一点儿也不能。我才开始意识到，我让你们所有人冒了多么大的风险。现在……”他叹了口气，摇摇头。“你记住了吧？”他问，“去希尔斯戴尔，接着是五号公路——”

“你瞧。”埃莉诺沉默了片刻，想要告诉他们一切到底是怎么回事，“我没有害怕。”她最后说：“我真的没有害怕。我现在没事了。我很——高兴。”她认真地看着博士。“高兴，”她说，“我不知道该说什么，”她又一次担心自己要哭出来了，“我不想离开这儿。”

“也许还会有下一次，”博士严肃地说，“我们不能心存侥幸，明白吗？”

埃莉诺犹豫了一下。“有人在为我祈祷，”她笨拙地说，“很早之前我遇到的一位女士。”

博士的声音很温和，但他不耐烦地用脚敲着地面。“很快你就会忘记这一切，”他说，“你必须忘掉关于山屋的一切事情。我让你来这儿是大错特错了。”

“我们到这儿有多久了？”埃莉诺突然问他。

“一个星期多一点。怎么？”

“有生以来还是头一回有什么事发生在我身上。我喜欢这样。”

“这，”博士说，“就是为什么你得赶紧离开这儿。”

埃莉诺闭上双眼叹了口气，感受、倾听这房子，闻着它的气味。在厨房的另一边，一丛灌木开花的香味沁人心脾，溪水闪闪发亮地从石头上流过。在楼上很远的地方，也许是在育儿室里，一小股旋涡般的风铆足了劲儿，卷上灰尘，一路擦着地板刮过去。图书室里的铁楼梯摇曳着，休·克兰的大理石眼睛里闪烁着光芒，西奥多拉的黄衬衫整洁干净地挂着，达德利太太正在准备五人份的午餐。山屋观察着这一切，傲慢又耐心。“我不会走。”埃莉诺抬头对着高高的窗户说。

“你会走，”博士说，终于流露出他的不耐烦，“立刻。”

埃莉诺笑了起来，转过身，伸出手。“卢克，”她说，他沉默地走近她，“谢谢你昨晚送我下来，是我错了。我现在知道了，而且你非常勇敢。”

“我的确是。”卢克说，“那是我人生中超越一切的勇敢举动。我很高兴送你走，内尔，因为我肯定不会再做这样的事了。”

“好了，在我看来，”蒙塔古太太说，“如果你要走，最好是抓紧时间。我不反对道别，尽管我个人感觉你们对这地方的看法都太过夸张，但我确实认为既然我们都知道你必须得走，那么比起站在这儿争来论去，我们还有更重要的事情要做。等回到城里，你就会和从前一样，而且你的姐姐正等着去度假呢。”

亚瑟点点头。“含泪告别，”他说，“我自己并不赞成。”

远远地，在小会客室里，壁炉里的灰烬轻柔地落下。“约翰，”蒙塔古太太说，“也许这样会更好，假如亚瑟——”

“不。”博士有力地说，“埃莉诺必须用来时的方式回去。”

“我该为这段美好的时光感谢谁呢？”埃莉诺问道。

博士拉住她的胳膊，把她带向汽车，为她打开车门，卢克走在她旁边。纸箱仍在后座，她的行李箱放在车子底板上，她的大衣和皮夹在座位上，卢克没关引擎。“博士，”

埃莉诺伸手抓住他说，“博士。”

“我很抱歉。”他说，“再见。”

“小心开车。”卢克礼貌地说。

“你不能就这样让我走。”她狂乱地说，“你让我到这儿来的。”

“而我现在让你离开。”博士说，“我们不会忘了你，埃莉诺。但眼下对你来说，唯一重要的事就是忘了山屋和我们大家。再见。”

“再见。”蒙塔古太太在台阶上坚决地说。亚瑟说：“再见，旅途愉快。”

埃莉诺的手扶在车门上，然后她停了下来，转过身。“西奥？”她探询地说，西奥多拉跑下台阶，奔向她。

“我以为你不会和我道别了，”她说，“哦，内莉，我的内尔——要幸福，请你要幸福。别真的把我忘了，有朝一日事情真会好起来的，你会给我写信，而我会回信，我们会互相拜访，开心地聊起我们在山屋做过的、看见的和听见的疯狂事——哦，内莉！我以为你不会和我道别了。”

“再见。”埃莉诺对她说。

“内莉，”西奥多拉胆怯地说，伸出一只手碰触埃莉诺的脸颊，“听着——也许有一天我们能再在这里碰面？在小溪边野餐？我们一直都没去野餐。”同时她也告诉博士，他看着埃莉诺摇摇头。

“再见，”埃莉诺对蒙塔古太太说，“再见，亚瑟。再见，博士。我希望你的书大获成功。卢克，”她说，“再见。再见。”

“内尔，”西奥多拉说，“千万小心。”

“再见。”埃莉诺说着滑进车子里。感觉既陌生又不便，我已经太过习惯于山屋的舒适了，她想，然后提醒自己从车窗向外挥手。“再见，”她喊，不知道自己是否还有任何别的词可说，“再见，再见。”她笨拙地用手摸索着，松开刹车，让车子慢慢开起来。

他们尽职尽责地向她挥别，站在原地看着她。他们会看着我沿车道开走，直到看不见，她想，对他们来说只有看着我，直到我开到视野之外，才足够礼貌，所以现在我要开走。恋人的相遇终结了行程，但我不会走，她想，接着自顾自地大声笑了起来，山屋可不像他们那样随便，只要山屋想让我留下，他们不能只靠说说就让我离开。“走开，埃莉诺。”她大声重复，“走开，埃莉诺，我们不再需要你了，别待在我们的山屋里，走开，埃莉诺，你不能待在这儿。但我可以，”她唱着，“但我可以。在这儿，他们说了不算。他们不能撵我走，或是把我拒之门外、嘲笑我、躲开我。我不会走，而且山屋属于我。”

她自认为脑中灵光一闪，随即重重地踩下油门。这次他们可跑得不够快，抓不住我了，她想，不过现在他们一定已经开始意识到了，我想知道谁第一个注意到？卢克，几乎可以肯定是他。现在我能听见他们的喊声，她想，还有山屋里轻轻的脚步声和群山迫近的轻柔声响。我真要这么做了，她一边想，一边打着方向盘，让车子笔直地冲向车道转弯处的大树，我真要这么做了，全靠我自己，现在，终于，这就是我，我真的、真的、真的要这么做了，全靠我自己。

在车子猛撞上大树的前一秒，在那无穷无尽的一秒钟里，她清晰地想，我为什么要这么做？我为什么要这么做？他们为什么不阻止我呢？

4

听到蒙塔古博士和他的同行者离开山屋的消息，桑德森太太如释重负。她告诉家庭律师，如果蒙塔古博士流露出一丝想要留下的迹象，她就会把他们赶出去。西奥多拉的朋友平息了怒气，深感懊悔，她很高兴看到西奥多拉这么快就回来了。卢克出发去了巴黎，他的姑妈强烈希望他能在那儿多待一阵。蒙塔古博士关于山屋超自然现象的初步分析文章得到了冷淡的、几乎是轻蔑的反响，在那之后，他终于从积极的学术事业中引退了。

而那座神志异常的山屋，坐拥黑暗，孤零零地矗立在群山中；它立在那里已经有八十个年头了，也许还会再立八十年。山屋的墙壁依旧挺直，砖石严丝合缝，地板结实牢固，房门虚掩；屋里一片寂静，无论有什么在里面走动，都是悄无声息的。